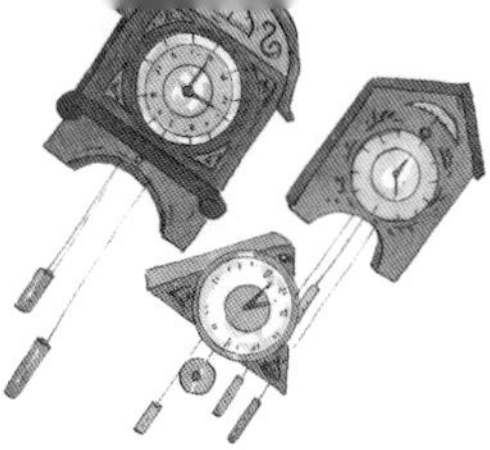

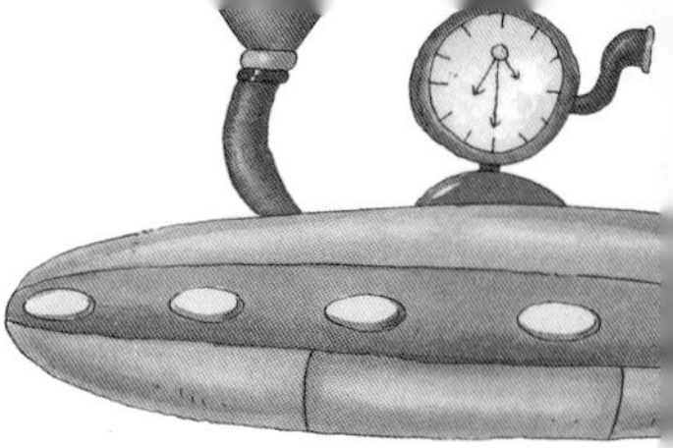

游乾桂——著　吳嘉鴻——圖

爺爺的神祕閣樓

時間之夢（自序）

當九歌出版社的素芳與靜婷親臨寒舍，談及出書時，我開心極了。

他們可能無從想像，宜蘭老家的書櫃中藏了一長串、滿滿的、年代久遠的「九歌」出版的書，它是我自許為文藝少年的大學時期，省吃儉用加打工積蓄下來的錢，經長時間購買所得的，每一本書都有著時間印記，並且孕育了我的文學心靈。

是的，「九歌」該有一本屬於我的作品，他們努力

促成機緣。

蔡文甫先生說：「每一位作家都該替孩子寫一本書。」這樣的觀點我早信仰著，既然每一位作家都該與孩子一起填寫一個故事的夢，少年小說也許是個好的開始。

用童話書與「九歌」結緣，事實上意義匪淺，至少看得見我的大夢。

我一直覺得自己算是幸運之人，集合了心理學家、親職教育專家與作家於一身，因而看見了多面相的社會；我在醫院精神科執業，專事心理治療，看見很多孩子的問題在於家長，但苦口婆心與偏執已深的父母說了哲理，有時往往等於沒說；我一身輕裝，四處演講，傳播優質的教育理念，但未必盡合人意，最後才赫然發現，最好的載體是童書，不動聲色的用一篇好故事，就可以打動孩子的心，啟迪於無形之中。

醉心於童話創作，源自於我相信一個好故事勝過一位好講師。

我的童話故事萌芽很早，大約在兒子三歲、女兒五歲時，為了使他們好好入眠，自編的「晚安故事」便登場，少說兩、三天，多則一星期，也得消化一個創意故事，長此以往，日積月累，大約也有成百近千了，故事多到自己數也數不清，忘的忘了，沒的沒了，有的根本埋入潛意識之中。

直到有一天，兒子喚醒了我的記憶，他說以前有很多好聽的故事，問我記得嗎，他說了幾個，替我的回憶開了一扇窗，我漸次從失憶的邊緣，把這些遺忘的故事

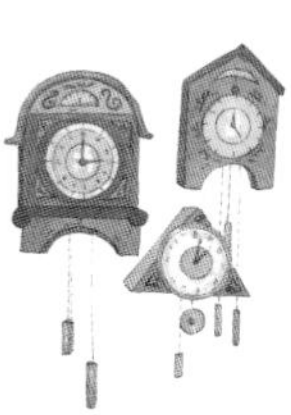

一一增補回來，開始有了書寫的衝動。

一、二十個童話故事與少年小說的雛形，被我一一寫進電腦檔案夾中，等待下一步的反芻消化，變成精彩的故事。

《爺爺的神祕閣樓》便是這樣寫成的，它曾是我與兒女晚安故事的題材，本是隨意胡謅的，從未料想成為故事的肌理，我前前後後講了數次，二十多個回合，每回孩子都拍案叫絕，要我一講再講，我驚奇不已，原來一個小故事便能吸引孩子，一心一意想一聽再聽，應該就是成功了。

兒子的一句話：「趕快寫出來。」讓我添了動能，把它化約成書。

書中該載運什麼？道吧，如同韓愈所言的文以載道

一般，如果文章什麼也不載運，那就只是一堆字了。

文字與文章有別，辭典中擺放的是字，不必我多寫，怎麼寫也寫不過《辭海》，但文章則不同，把一堆字巧妙的放在一起生出意義，引人反省，讓人動容，便大不相同了。

我的少兒小說，便典藏了這樣的味道。

這些年來，我一直關心環保、文明與創意等等議題，通過一枝禿筆，把這些元素擺放進來，希望透過一篇好看的小說，讓孩子從中理得更多深沉的學問，並且反思人與土地，人與環境、文明、進步、科技的關係，有朝一日，成了宅心仁厚的關懷者。

我堅持一種信念，如果文章無法給人意義，那就不如不寫。

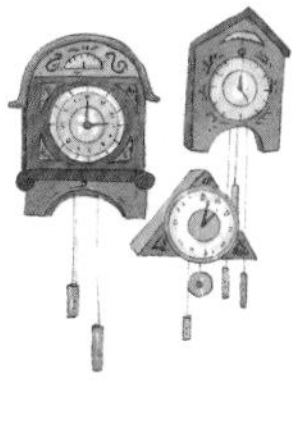

「意義」兩字在我看來，其中一部分便是關懷，在本書中，我透過一間閣樓、兩個小孩、一位老爺爺、一部時光機，穿梭百萬年，尋找一種新的文明意義。

文明好嗎？

如果沒有細解，人人都說好，因為文明代表進步，但真實的情形真的如是嗎？

我們因為文明有了快速代步的車子，但有了車子之後，人就快速了嗎？

文明強調速度，但有了速度之後，人便忙碌，只是忙碌好嗎？

文明使人添了慾望，有了慾望之後，人便不擇手段，我們吃到了含有農藥的菜、具有劇毒鎘的米，以及鉛魚、病死雞……這樣的文明好嗎？

文明讓人的眼睛裡只有錢，但少了人情世故，利慾薰心，沒有愛的社會好嗎？

文明人自比為神，可以操弄眾生，扭轉乾坤，科學成了自我傷害的利器，我從報章雜誌中得知，有一批科學家正在努力創造與人相同的機器人，這樣的文明想來可怕。

於是，我設計一個百萬年前的文明，它比我們更文明，但這個文明最後毀滅了，毀於太過文明，透過時光機，兩個文明交錯在一起，我們看見過去，想到了未來。

故事有巧意，有創意，更有深意，等著讀者用心意來解。

是的，我被友人稱作「夢人」。

我喜歡這樣的稱呼，我解成有夢的人，作夢的人，或者圓夢的人。

就因為一個能深植於孩子心靈的夢，我用力書寫，根本明白這類的書沒有賣點，不及參考書，但有深義，種下了，影響深遠，如能如是便吾願足矣。

游乾桂　寫於雪荷童話屋

主要人物介紹

洛依

從小與爺爺相依為命。小小偵探，自稱「福爾摩斯・洛依」，喜歡冒險，充滿好奇，與好友狄斯常上演頑童歷險記，對閣樓有著神祕幻想，想一探究竟。

爺爺

很會安排生活，喜歡與老朋友登山、泡湯，常常不在家，也讓孫子洛依多了很多探險的機會。常與洛依談論時間，談過去、現在與未來的有趣概念。

狄斯

洛依的玩伴，兩人有絕佳的默契，常像兄弟般玩在一起，對洛依言聽計從，非常信任他。與奶奶一起生活。

卡曼

過去世界的小女孩，是通靈人，也是智者，對過去、現在、未來有預言能力，常解救誤闖時空的人。

目　錄 Contents

1. 會說話的閣樓

有如蚊子般嗡嗡嗡的低鳴聲，在午夜時分，悄悄的，從頂樓的閣樓裡似有若無的傳了出來，小小的，慢慢的，加大一點音量，咿咿呀呀，吱吱喳喳，嘩嘩啦啦，必須聚精會神才聽得清楚，我被細瑣的聲音吸引，坐起身來，躡手躡腳，左閃右躲的潛進閣樓前的小木梯循音辨位，聲音會在此刻突然嘎然停止，恢復靜默。

閣樓裡的聲音彷佛長了耳朵一般，竊聽我的一舉一動，知道我悄悄掩身過來了，馬上回復寂靜無聲。

我問過爺爺，逼他說出真相，但是無論用了什麼方式，他就是不肯吐實，閣樓裡鐵定藏了祕密，而且是不可告人的，但到底有什麼，我也說不上來，閣樓的事，爺爺向來很不喜歡談論，一旦有人提了起來，他就臉色大變，面露恐慌。

怪了，平時和善的爺爺為何這個時刻這麼不友善，我一直想不透。

「爺爺，晚上的閣樓會說話咧？」

爺爺拆穿了我的計謀，總是說：「風聲吧。」

爺爺最會睜眼說瞎話了，風聲與呼呼的鬼聲，我會弄不清楚嗎？真是笑話。

爺爺有時還故作神祕的靠在我的耳朵旁，悄聲的說：「也許是鬼。」

愈是這麼說，我愈覺得他很心虛，就是不讓我登樓去看，故意唬人的，沒有關係，反正我有我的辦法。

爺爺常出遠門，我偷偷上去幾回，閣樓是木造的，螺旋狀的小木梯旋轉而上，很快就到了樓頂，木造的大門結了一圈又一圈的蜘蛛網，風一吹，灰塵四處飄揚，夾著強風撞擊木板的聲音，彷彿鬼哭神嚎，很可怕的。

我用手輕輕碰觸木門，頂結實的，應該是實木製作的，爺爺在門把上鎖了一層又一層大大小小的鎖，以我一己之力，根本打不開，看來爺爺真的有萬全準備，硬是不准讓人入內，我東瞧西望，看不出門道，便索性下樓了。

但，懸疑仍在，如果有機會當然很想入內一窺究竟。

我有很多機會探祕，爺爺常常與人一起遠行去爬山，少則半天，多則兩天一夜，需要過夜時，他會就近把我托給林奶奶照料，我住不慣別人家，常常偷偷回來睡覺，悄悄上閣樓查訪，但就是進不了門。

唯一的辦法是，先打探爺爺的鑰匙藏放地點，他鐵定不喜歡我知道其中的祕密，但也不至於把我當成毛頭小賊而設防，只要細心一點，多多觀察爺爺的一舉一動，應該可以發現端倪。

我開始行動了，爺爺以前送我一本小小的、很漂亮的筆記本，一再叮囑我，可以記下一閃即失的靈感，這下正巧派上用場，我用它來記下、畫下爺爺鑰匙的祕密據點，心想有一天，一次找齊，便可以潛進閣樓了。

想著、想著，我露出一抹微笑，彷彿已經找著密室之鑰似的。

爺爺疼我，自從爸爸過世之後，我就與他相依為命，改嫁的媽媽偶爾會回來陪陪我們，但畢竟不常，她有自己的家了，也有我的新妹妹，比較不可能坐六個小時的車輾轉到這麼偏遠的鄉下探望我與爺爺，媽媽與爺爺感情很好，林奶奶說過，是爺爺鼓勵媽媽改嫁的，他說一個女人帶著小孩，太辛苦了，他可以照料得了我，請媽媽放心，尋找幸福的第二春，而我的新爸爸也是爺爺同學兼好友的孩子，他也很疼我，只是住得離我們太遠了，相聚的時間日益減少，太可惜了。

不過沒有關係，有爺爺疼我就很滿足了，更何況他們也是愛我的，令我不解的是，這麼疼我的爺爺，為何爬山都不帶我去呢？林奶奶告訴我，就是因為太疼我了，才不敢帶我去幽冥的山中，這句話太有玄機了，我實在不懂。

算了，不懂，就暫時擱著，以後再說了，這是我的哲學，反正不

明白的，慢慢會明白的。

正常的情況下，爺爺是個善良的人。

是個有愛心的人，懂得照顧人。

是個哲學家，專講一些很難理解的想法。

可是，只要談起閣樓，爺爺就不是人了。

不！正確的說法是，爺爺就成了怪人，不可理喻的怪人，看起來凶狠狠的，有點嚇人。

最扯的是，喜歡與我談時間。我真的不明白，時間有什麼好說的，一分就是一分，一小時就是一小時，一天就是一天了嘛，可是爺爺

可不這麼認為，他說時間很有意思，之後便口沫橫飛開講起來，根本忘了我只是一個小小孩兒，他的孫子，一個只想過一天玩一天的人。

爺爺經常提及索恩。

索恩是什麼？

一種飲料，一間餐館，一種名牌……不！爺爺喜歡爬山，一定是一座山，後來才明白，索恩是個人名，著名的物理學家，第一個認真探討「時光旅行」的科學家，如果索恩的理論成立了，人就可以自如的來去太空了，說完，爺爺還露出詭譎的一笑。

更難懂的是「蛀孔理論」，經常掛在他嘴邊，彷彿朋友似的，蛀孔又是什麼？被蛀蟲蛀過的孔嗎？一定是的，那有什麼好談

的；原來不是，蛀孔是另一處時間孔道，從現在進去，如果從未來出來，就是未來了，太玄了吧，不懂的；爺爺還說，經由蛀孔就可以很快去到另一個銀河系，早上去，晚上就可以回家了，好像上下班。

每天看他喃喃自語的樣子，真怕他得了精神病。

不！不可以的，我只剩下爺爺這個親人而已，我們相依為命，不可以瘋了，我每晚都默默祝禱，希望爺爺真的沒事。

有一回，他還正經的把我抱了起來，坐在小椅子上，自己拿來一把椅子，告訴我：「洛依，今天我們來談時間好嗎？」

我真是服了爺爺，很想告訴他說：「我只是個小孩，不懂的，以前我就這樣說過的呀。」

爺爺彷彿猜中我所想的，搖搖頭說：「你懂的。我們之所以想不透時間，是因為生下來之後，就被教了現代的時間觀念，所以長久以

來就相信時間是過去、現在、未來，無法理解現在之後是過去，或者過去可以與未來同時……」

爺爺很正式的從口袋中取出一個橡皮擦，交在我手上，並且用鉛筆在一張紙上寫下時間兩個字，笑著對我說：「把它擦掉。」

我很聽話的用橡皮擦把時間兩個字擦掉。

「現在沒有時間了，也就沒有過去、現在與未來了，我們可以重新定義時間，這麼一來，現在往前走也可以是過去了。」

爺爺愈說愈難，難到我眼皮沉重，一心求睡，我一直搖手示意，爺爺彷若沒有看見，自顧自的開講，我看見周公了，早聽不清楚爺爺說了什麼，耳膜持續振動著，爺爺的聲音一直進來，只是還沒化成文字就散了，直到爺爺豪邁的笑著。

「那不成，那不成……」

我迷糊中睜開了眼，到底什麼不成呀，爺爺碎碎念著：「現在之後如果是過去，我就不是爺爺了，我該叫洛依爺爺，是嗎？那不成，那不成的……」

看來爺爺真的瘋了，口中還持續念著「祖父的弔詭」，哎，他就是祖父呀，有什麼弔詭呢？

幸好，這之後爺爺就沒有再與我談時間了，頂多聽他喃喃地說著「相對時間」、「絕對時間」、「類時路徑」、「時光機」等等，我都不當一回事，爺爺說他的，我玩我的。

2. 福爾摩斯・洛依

不談時間，爺爺便變正常，沒什麼狀況，依舊爬山。

鄉下的冬天特別冷，躲在被窩裡多麼舒服，連想都不想起床，可是擁有良好生活習慣的爺爺，還是清晨六點天還沒亮一如往常起床了，刷牙洗臉後便到廚房中製作簡易早餐，這是他一大早最重要的工作，無論去哪裡，都會留下字條，告訴我行程，做什麼，幾點到家，並把早餐弄好，放在一個精美的盤子中，寫著：「小寶貝，快樂享用早點，爺爺去看山了，下午回來。」

聽說，爺爺以前都是這樣對待奶奶的，而今奶奶去了天堂，他就把心思放在我身上了，爸爸以前告訴我，奶奶是被爺爺的甜言蜜語拐騙的，這應該是玩笑話，奶奶也許樂在其中也說不定？

爺爺的嘴巴真的很甜，我的一群小小朋友統統喜歡爺爺，爺爺從不吝嗇把愛分享給大家，如果爺爺不出門，家裡總是擠滿了來聽故事的小朋友。

他的故事通常懸疑奇玄，好聽極了，尤其是穿梭時空的科幻故事更見精彩，比起他與我談時間的嚴肅，很有意思，我從來沒有把爺爺的科幻故事與時間哲學擺在一起思考，沒有料到它們是相關的。

他按例做完早餐之後，開始著裝，登山鞋、登山杖、手套等等一應俱全，還會發出有如悶雷的聲響，呼的一聲，我常被這一怪聲吵醒，就再也睡不著了。

這一天，我打定主意，再上閣樓，勘察好地形地物，如果有機會，比方說爺爺忘了上鎖，就可以大大方方走進去了。

爺爺進來查看了一回，確定我睡得很沉，轉身離開，順道把房門關上，其實我是裝的，當爺爺走出房門，我馬上豎起耳朵，聽音辨位，知道他下了樓梯，穿好鞋子，準備出門了，接下來便聽見喀嚓一聲，我迅速起身，從門縫小小的角度，查探爺爺的蹤影，再等十分鐘，確定走遠了，準備行動。

正當我小小的腳跨出窄窄的門，伸出左腳，樓下的大門突然開啟，我本能的縮了回來，心念一轉，莫非爺爺轉回來了。

果真沒錯，爺爺折返回來，快步上了樓，進了自己的房間，可真把我嚇死了，還好我尚未行動，否則就慘了，爺爺的腳步往我房裡走來，我一個翻身溜進了棉被中，爺爺輕輕打開了門，把頭探了進來，確定我還在睡，便走下樓梯，經爺爺這麼折騰，我的睡意全消了，探險的衝動也跟著蕩然無存。

真是好險，我看今天就別上閣樓了。

爺爺是個好人，像個老頑童，把我抱在手掌心玩著，很慈祥，即使我抽他的鬍鬚，玩他的頭髮，踢他屁股，他都不生氣，我抓了他左邊的鬍子，他會立刻送上右邊的，直說好玩，笑咪咪的，嚷著再一次。

經由我細心考察，至少確定了一件事，閣樓上有五道鎖，大小交疊，爺爺很細心，不！應該說是很有心機的，把五把鑰匙分別放在不同的地方，經常更動位置，我懷疑爺爺自己會不會也忘了，畢竟他的年歲大了，有一點記憶不良，我說這話可是有憑據的，他就有好幾回問我，誰取走了他的藥，其實是自己忘掉的，他就是不相信，還反過

來說我太頑皮，藏他的藥有什麼好玩，他很嚴肅的命令我，什麼都可以藏，就是不可以藏他的氣喘藥，哎，真是好冤。

爺孫相依為命，他有麻煩，我來想辦法，我存了一點點小錢，託林奶奶買了一個收納小盒子，生日時送他當禮物，我要求他擺在床頭上，不可移動，氣喘藥就放在裡頭，我用紅簽字筆畫了圈圈當記號，這樣就不會出錯了；他終於誇讚我很聰明，這麼一來，藥就不會被藏起來了。

每一次都是這樣，找到就開心的笑了：「哎呀，老了真是沒用，就是會忘東忘西。」

真是不錯，他還知道是自己記錯；找藥的事暫且不談了，為了打開神祕之門，我找尋鑰匙已有一段時

間，但就是找不著竅門，最麻煩的是，他從不採用同一種擺放方式，偶有改變，必須捉住爺爺的藏鎖習慣，否則破解不了；他的藏鎖有慣性，星期一與星期五重複，星期三與星期六對調，而星期二與星期四是獨特的方式，變化最大，星期日放在口袋中帶著出門。

我太佩服爺爺了，這麼老還玩躲貓貓的遊戲，簡直童心未泯咧，這句成語用對了嗎？

爺爺說了幾十、上百遍了，每回都說自己童心未泯。

我有他的遺傳，很會佩服自己，簡直像個小偵探，乾脆改名叫做福爾摩斯．洛依。

努力沒有白費，前後查了三個月，有了一定的方向。

天空微亮，爺爺便起床了，一身輕穿，在我耳朵旁說了一堆嘰哩咕嚕的話，便帶著拐杖提了水壺，悄悄推開了門，我猜一定與林爺爺相約去爬山了，有時候一天，至少半天，過了中午一點才會回來。

今天是大好時機，我有足夠的時間找著鑰匙，打開祕密之門，進去閣樓一窺究竟；這一次機不可失，但必須等久一點，至少走遠了再說，爺爺出門大約三十分鐘之後，我才慢條斯理起床，走到門邊望見爺爺在遠方成了一個黑點，朝著竹林走去了。

這下我可以毫無顧忌追查鑰匙的下落，我把爺爺的藏鎖祕法一一登記在筆記本上，爺爺真是古靈精怪，藏得真巧，即使如此，還是逃不過如來佛的手掌心。

「如來佛的手掌心」，這也是爺爺的慣用語，現在用在我身上真是再恰當不過了。

今天是星期二。

我翻開筆記本，清楚寫著：

後陽台的小儲藏櫃中，編號A。

魚缸邊如來佛像底座下的一矮凳旁的不起眼盒子中，編號B。

廚房的掛畫內有一小洞，往內一尺左彎祕洞，編號C。

這三把鑰匙，賓果，沒有耽擱，快速被我找著。

但是編號D與E，卻與我記錄的有所差異，遍尋不著。

到底藏在哪裡呢？

爺爺出門前發出了幾道聲響，聽起來像是踩或碰到木板的聲音，難道他藏鑰匙的地方有了更動，難道他知道我在偵查他的祕密？不太可能，我是出色的偵探，怎麼會輕易被看破呢？

或者爺爺絕頂聰明，受過專業訓練，很會藏東西……

都有可能。

爺爺很聰明，這一點可以從我的聰明程度看得出來。受過專業訓練也無誤，他曾說過他是情報員，不過說這句話時，一直偷偷笑著，看起來是謊言的成分大些，但無損於他的專業。

很會藏東西？

這也是真的，他不僅會藏，而且會忘，甚至胡說，不只這些問題，有時還說，我拿走他的皮包，最近更慘了，常常嚷著家中有小偷，把我找來與他一起四處找尋，林奶奶告訴我，那不是精神病，而是老年痴呆症。

這兩種病我都不熟，有差嗎？應該沒有吧，看起來都怪怪的，我真的擔心的是，萬一有一天，他連鑰匙藏哪裡都忘了，就沒有人知道閣樓的祕密了？

更傷感的是，會不會有一天他也忘了我是他的孫子？

還是找鑰匙重要，沒有料到，如此輕而易舉，踏破鐵鞋無覓處，得來全不費功夫，它就在木梯下的地板上，肯定不是藏的，而是爺爺不小心掉在這裡的。

顯然爺爺利用我不注意的時候，偷偷上過閣樓。

他想幹什麼？

3. 第五把鑰匙

第五把鑰匙在哪裡呢？

我手有點抖，心臟跳得厲害，呼吸有點急促……快了，快了，只差一步，我就有機會進入閣樓內了。

我由爺爺的習慣動作看來，他房間裡的木斗櫃非常可疑，他常常站在跟前，左顧右盼，東張西望，很迅速的打開後再闔上，我沒看清楚他在幹嘛，但肯定有事，也許就是第五把鑰匙的藏身之處。

該找的地方全找遍，就是此地了，我壯著膽輕輕推開爺爺的房

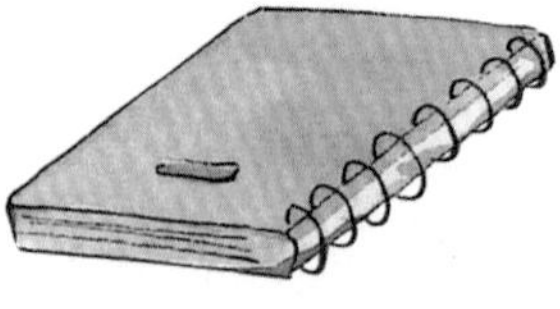

門，其實沒那麼可怕，我也不知道為什麼會嚇自己，覺得害怕起來，或許是興奮吧，心想待一會兒找著了，就可以解開謎團了。

木造的斗櫃就在面前了。

這座木斗櫃可是很有來歷的，是爺爺的爸爸的爸爸留下來的，以前爺爺是這麼說的，經我考證就是爺爺的爺爺，對我來說太遙遠的事了，少說有一百年，算是我們家的「傳家之寶」，爺爺很寶貝它，常常看見他在擦拭，口中嚷著：「美呀，這麼漂亮的木頭打哪兒找呀。」

的確很美，歲月磨光了它的表面，透出一道冰冽

的冷光，我很喜歡。

這座木斗櫃有半個大人高，對我來說，太過巨大了，我只好走下樓拿了一把小椅子，踮出一個高度，可以使力來掀蓋，我伸出手來試著掀了幾下，木頭很重，有點困難，除非很用力，但是萬一撐不住滑了下來可就慘了。

我用了九牛二虎之力，把它掀了起來，大約上升到一半的位置，我已氣力放盡，又重重掉了下來，還好我閃得快，否則小小的手準被壓扁了。

我必須找一樣東西墊著，撐開一個縫隙，再伸手下去找，急中生智，我回頭找來幾件衣服，摺出一個高度，將木斗櫃掀開一個縫，塞了進去，我延展了身子，用手拚命撥弄，或許是太深了，任憑我怎麼伸展也搆不著底，試了幾回宣布失敗。

我必須改弦更張，換個方式才好。

我再取出十件衣服墊上，這下縫變大了，足以讓我側身爬進去，我像一個小矮人進入巨人世界一般，把腳跨了上去，緩緩的溜了進去，啪的一聲，整個人掉進木斗櫃中了；神奇得很，猶如進到太陽黑洞中，伸手難見，我在木斗櫃裡來回翻找，一個不小心扯到了衣服，順勢一拉，木斗櫃竟然碰的一聲蓋了起來，這下我可慌了，第五把鑰匙沒有找著，我竟被關起來，像隻落難的野獸。

我踮起了腳尖，努力推著，試著推開了它，但是無論如何使勁，都只能推開一個小縫，可是我力量不夠，頂不了太久便又重重壓下，我試了幾回不成，開始害怕起來了，萬一沒有人發現，可就慘了。

我心生一計，把掉了下來的衣服堆出一個高度，站在上面，看來可行，可是衣服太軟了，正當我快完成時，衣服又塌了下來，我來來回回做了多次，早已滿身大汗，額頭上的汗珠像雨一般落了下來。

我心裡開始惴惴不安，萬一爺爺提早回來，肯定會發現。

但不回來更麻煩，管他的，爺爺還是發現的好，我頂多編個故事，說我頑皮，想探險一下而已。

我看憑我一己之力是出不來的，最後死心塌地的坐了下來，豎起耳朵，用盡心靈力量，傾聽門口的動靜，一旦爺爺回來了，我就高聲大喊。

時間慢慢流逝，漸漸的，體力有點不支，呼吸困難，開始迷糊起來，我提醒自己不可睡著，以前爺爺說過，登山時如果罹患高山症，可別睡呀，假如睡著人就完蛋了；正當我疲憊不堪之際，門外有了動靜，爺爺回來了，我提足最後一口勁，大聲喊著：「爺爺救我，在你房間。」

我連續嚷了七聲，爺爺終於有了回應，三步併成兩步飛奔上樓，我從沒發現爺爺的速度這麼快，據說，他以前是短跑選手，一百公尺可以跑十一秒一，我都當他吹牛，今天一瞧，應該是真的。

「小寶貝，你在哪裡？我怎麼看不見你呀。」

是爺爺的聲音沒錯，語調有些淒楚，彷彿在哭，可是我快沒力了，只能使勁提足一口氣，擠出了吃奶的聲音，嚷著：「我在木斗櫃中。」

爺爺聽見了，打開了它，我有如住在集中營裡的囚犯重見天日一般，大聲哭了出來。

爺爺沒有問我在幹嘛，更沒有責備，只是很心疼的抱著我不放，口中念念有詞：「小寶貝，別怕，都是爺爺不好，放你一個人在家，如果再晚一點回來，可就……」說著、說著，爺爺竟然哭了。

我也一陣刺痛跟著哭了，但我心裡想：「爺爺千萬可別因為這件事放棄與林爺爺爬山，否則我就進不了閣樓了。」

爺爺終於把我放了下來，近看遠瞧，東摸西捏，端詳好久，才說：「沒有受傷就好，看你流了一身汗，趕快去洗洗澡。」

我輕嗯了一聲，說了一句：「謝謝爺爺。」便走了出去，我抓緊時刻，用最快的速度，把四把鑰匙還原到原處，這樣神不知鬼不覺，爺爺當不至於懷疑，雖然我受了驚嚇，但還是為了失去一次大好機會而扼腕，下一次不知要待何時了？

沒有料到機會很快就到來了。

相隔一個星期，爺爺像忘了上星期的歷險記似的，把我一個人放在家中，一大早又與林爺爺出門了，而且同樣是星期二，這麼一來，我尋找鑰匙可就省事多了，事實上也是如此，前四把很快就找著，問

題還是出在第五把上，我想不會是木斗櫃了，但會在哪裡呢？

筆記本記載，第五把鎖藏在沙發下，那就再試一下，我彎下身子，瞪眼直視，沒有就是沒有，索性把沙發搬開，還是不見蹤影，正要放棄時，我靈機一動，於是躺下來，發現沙發底部有一個手工黏貼的方形盒子，我有預感，鎖一定藏在裡面，我把手伸了進去，摸了摸，真是幸運，果真找著了。

我的興奮似乎早了一點，五把鑰匙長得一模一樣，哪一把該開哪一道鎖，我根本不知道，這下可麻煩了，二的五次方，萬一不順利，可得試它三十二次，我笨手笨腳的，只好採用笨方法，就試吧，反正打開一把算一把，我愈是緊張，進展的速度愈慢，花了將近五十分鐘，還是開不了，真笨，亂槍打鳥怎麼開得了，按理說，我應該一把一把試才正確，第一把鑰匙把五道鎖試了一遍，其中就有一道會打開，輪流五回就成了，果真如此，很快的，五道鎖全開了。

「閣樓，我來了！」

我心裡這樣吶喊著，卻有股莫名的恐懼襲了上來，不知道待一會兒打開會有什麼狀況，會不會裡頭關了一頭野獸，咻的一聲，沒有預警的竄了出來，咬我一大口，愈是這樣想，愈是不敢趨前開門。

我拍拍胸膛，鼓足了勇氣，用力把門推開一個小細縫，一股濃濃的、刺鼻的煙塵味噴了出來，我完全難以抗拒，倒退了五、六步，它摻雜了霉味，也似腐臭，或者只是灰塵，反正不太好聞，我屏氣凝神一番，用餘光偷偷瞄了一眼，幽幽的，黑漆漆，一股懾人的氛圍，讓我裹足不前。

去？不去？我下不了決定。

突然間，我感覺碰著了機關，一條繩索彈了出去，往我的方向折

返回來，在我眉尖滑了過去，我往後退了一大步，差一點滾下樓梯，繩索唰了一聲，彷彿觸動了某些東西似的，閣樓的地板震動起來，一長串有如鐘聲的音響傳了出來，軸鏈轉動個不停，滴滴答答的，一閃一閃的亮光像救護車的警示燈，嗚叫閃爍，彷彿有人影躍動，敲鑼打鼓似的，陣仗很驚人。

「機關」，我根本毫無預警爺爺會在閣樓內設下機關，第一道已夠嚇人了，會不會有第二道呢？我真的有點被唬住，但因而打退堂鼓，不就前功盡棄，我想了三秒，便下了決心向前邁出一大步，闔上雙眼，屏住氣息，呼出丹田，再緩緩伸出手來，重重的把門一推，咿

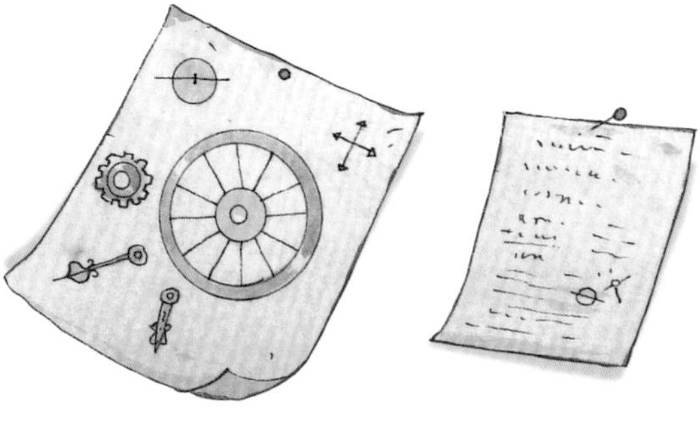

歪一聲，門應聲打開了，濃濃的煙燻味大量洩了出來，噴得我再度倒退好幾步。

我用腳踢了踢木門，躲到門邊，確定沒有機關暗箭射出來，才蓮步輕移的滑了進去，室內的煙濃得化不開，經由好幾分鐘才消散，我摀住口鼻，睜開眼睛定睛一瞧，令我驚愕的是，祕室裡原來藏了各式各樣不同種類的鐘，多數是我沒有見過的，鐵定是老骨董，每一個都有一個重重的擺錘，除了一般時鐘必備的報時數字之外，爺爺閣樓裡的骨董鐘還有一排「紀年

器」，但是不是紀年器，我不得而知，純屬瞎猜。

它有九個空格，應該是年份，我屈指數數，可以到億萬年，紀年器旁邊還有兩個方形的溝，上面是正，下面是負，什麼意義，我一時半刻猜不出來，最特別的是，每一口鐘都有一個圓形小洞，閃著光，發出琉璃色澤，有青色、綠色、橘色、黃色與寶藍色等等，我不理解有何用途。

這一刻，我隱隱約約了解，爺爺為什麼一直與我談時間了，祕密就在閣樓裡。

4. 神秘鐘

閣樓裡有一口怪鐘，壯碩無比，大約有一個人高，我取名為「霸王鐘」，有一條長長的線引了出來接在一張木椅子上，上頭清楚書寫著三個大字：「時光椅」，我一眼便可辨明那是爺爺的筆跡。

時光椅？

好先進的名字，但，什麼是時光椅呢？

這句話好熟哦，對了，爺爺說過三個字，應該是「時光機」，與時光椅只有一字之差，莫非藏著玄妙？時光椅是不是可以用來穿梭時

空，想到哪裡就到哪裡的一種機器？我暗自瞎猜起來，自顧自的偷笑，爺爺真天才，胡思亂想一流，難怪爺爺常說，他能穿梭千萬年了，原來他一直偷偷藏著時光隧道的夢。

太有意思了，我肯定這只是爺爺的收藏，完全沒想到穿梭時空的事，很認真欣賞起每一口鐘，心裡想，一定價值連城，怪不得爺爺說什麼也不讓人進來，恐怕擔心我們搞破壞；我大大方方走了進去，四處東張西望，發現裡面有一堵牆，放置關於鐘、古文明、機械原理與考古的書，還有一間「工作坊」，爺爺慎重其事的寫下「雲水工作坊」五個大字，表明他雲遊四海的心跡。

工作坊裡面擺了好幾部精細的小機器，看來是製作某些器具用

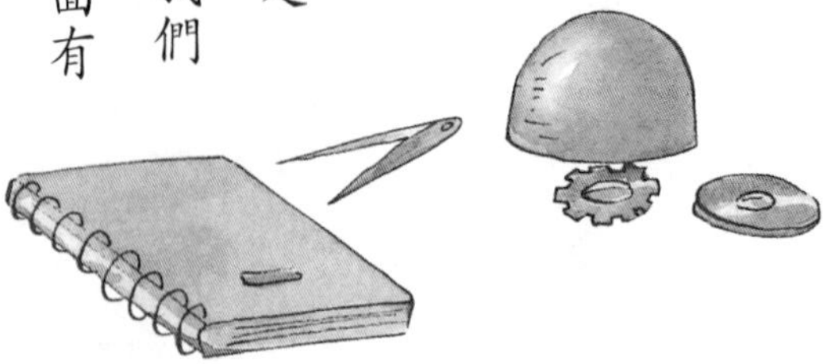

的，做完的成品散落一地，包括轉盤、轉輪、指針、小鋼線，每一樣都與鐘錶有關，鐵定是製作鐘錶零件的機械了，但布滿灰塵，肯定很久沒有人摸過了。

牆上貼了一張小紙條，應該是爺爺的筆跡，字已漫漶，看來有點年代了，我走進一看，爺爺載明那是十九世紀作家蘭姆的一段話：「再也沒有比時間與空間更令我困擾的；但它的困惑也最小，因為我從不知道它們的存在。」

好怪的一句話，既是疑惑，又不是疑惑，顯得很矛盾，莫非這就是爺爺的心境，他對時空這件事，也如同蘭姆一樣矛盾。

我終於想起來，為什麼爺爺老是叨念著愛因斯坦這個人，看來他對「相對論」起了好奇，他告訴過我，愛因斯坦的「相對論」裡說到，時間與空間會在某個時刻糾纏在一起，一旦空間彎曲了，時間也會彎曲，因此相信時間具有形狀……講完之後爺爺大笑出聲：「跟小孩子談這些太玄奧了，不談，不談了。」

爺爺真的很怪，口說不談，卻沒完沒了，最後覺得對牛彈琴，才失望中止了話題，其實我也很厲害，雖然人看起來小小的，但腦筋卻是大大的。

我承認，觀念的確很玄，不過我很有興趣。

桌上還有一本筆記本應該也是爺爺的，我翻了幾頁，密密麻麻記載了許多東西，有的我看得懂，大部分不太懂，有很多圖形，大約都與時空有關聯，還有爺爺的心得，包括回到未來，穿梭過去……看來我遇見前所未知的爺爺了，智慧直逼愛因斯坦的爺爺，我猜，他是科學家，而且研究時間已有一陣子。

筆記本上的最後一頁這樣寫著：「如果人可以瞬間轉化成一束

光，利用質能轉換原理，穿梭時空之後恢復成一個人，人便可以飛天遁地無所不能，但，人可以是光嗎？」

人可以是光？

是爺爺的疑惑，也是我的迷惘，如果人可以成為一束光，那是不是該叫做「光人」，不知道爺爺為什麼會這樣想的。

我的推論應該正確，爺爺鐵定在實驗，或者尋找一口可以「穿梭時空」的神祕鐘，而且花了很多時間與心思，並且得到一定的發現。

為什麼爺爺不曾與我講過他的研究呢？

有何難言之隱嗎？我不得而知，最有可能的是，他怕我玩上了癮，不小心誤觸機關，進了不一樣的時空，回不來。

我仔細端詳每一口鐘，長得滿奇特的，有長的，有方的，有圓的，也有三角形的，有平的，有立體的，也有五度空間的。

造鐘的人是誰？

爺爺嗎？

他的靈感從何而來？

為什麼把它放在閣樓上？

幹嘛神祕兮兮不讓人欣賞？

⋯⋯⋯⋯

問題有如走馬燈一樣，一個接一個閃了出來，我沒有一個有答案。

看來我今天解決不了任何疑惑的。

爺爺快回來了，我非得用最快的速度還原不可，至少暫時不可以讓爺爺知道我偷闖閣樓這件事，我怕他氣起來一下子加成十五道鎖，想再進來就比登天還難了。

我悄悄掩上門，擦去鞋印，撒了一點灰，自以為神不知鬼不覺，便關上它，把一道道的鎖安放回去，三步併兩步下到了客廳，真是好險，我屁股剛坐定沒多久，爺爺就回來了。

他面帶笑容問我：

「找到祕密了嗎？」

這可把我嚇楞了，莫非爺爺知道我上了閣樓的事，他怎麼知道的，太嚇人了吧，他有密探，還是裝了隱藏式攝影機？我有點魂飛魄散，嚇得支支吾吾說不上話。

「好玩嗎？」

還問我好玩嗎？我該招認了嗎？

我停了一下，爺爺便沒再問了：「一定很好玩，對不對？」心裡想：「真是好險喲！」

爺爺應該只是隨口問問，並不清楚我上了閣樓的事，連續好多天，我的腦海中一直閃過時鐘的事，就連夢中，時鐘一樣閃爍不停，大的，小的，動的，不動的，彷彿想告訴我什麼似的，夢中的事物好真實，讓人不由得起了疑心，我猜想閣樓裡的鐘藏了更大的祕密，一定是我意想不到的，否則爺爺不會故作神祕，正因為如此，我就更想知道了。

爺爺說過一個令人不解的時間概念，叫做「虛數時間」，我問過他，他同我解釋一番，可是有聽沒有懂。

虛數時間是什麼？

假的時間嗎？

不是時間？那就是空間了？

爺爺說，這個宇宙太妙了，所有不可能都可能，所有可能也不一

定可能；對的未必對，錯的也未必錯，對亦是錯，錯可能對。

他在說什麼，莫非這就是虛數時間嗎？

我好玩的把爺爺的話編成繞口令：對的未必對，錯的不是錯，贏的不會贏，輸的不是輸，真的不像真，假的不會假，哦，耶，呼。

爺爺被我此舉逗得笑呵呵的，直說我太寶了。

趁著爺爺笑逐顏開之際，我試著再問：「閣樓裡到底放了什麼東西？」

這一回爺爺竟不生氣，輕輕的摸摸我的頭說：「奶奶留下來的。」

「奶奶的東西？」

我把聲音提得好尖，眼睛一直望著爺爺，看他會不會心虛。看來他是說謊，眼神接觸到我的眼睛，馬上閃了過去，把話題岔開了。

我也沒有再追問，只是不了解鐘就是鐘嘛，幹嘛吞吞吐吐，我發誓非再找個時間上去查個究竟不可。

所謂的機會就是爺爺看起來最開心的一天，心花怒放的日子，與他談起閣樓的事，才不至於招惹更大的麻煩，風和日麗的時刻最佳，保證爺爺的風濕不會犯，身體好心情就好了，一大早起來他就笑咪咪的，神清氣爽，問他關於閣樓的事準沒錯。

「爺爺，你最好了，對不對？」

爺爺笑得好燦爛：「小鬼頭，又出什麼鬼主意了？」

「哪有，我就是知道爺爺最棒了，最不愛生氣，最最愛我了。」

我的一連串迷湯，顯然起了一點效用，爺爺把眼睛笑成彎月形，直誇我會說話，很像年輕時候的他，關於這一點我可有意見了；年輕時候，他，有嗎？為什麼我自出生有記憶以來，爺爺就這麼老了呢？

應該有吧，人大約都是從小人變老人的吧。

即使如此，我還是不敢貿然說出閣樓的事，旁敲側擊了好幾回，確定沒事，才開口問他：「閣樓有祕密，對不對？」

爺爺先是一楞，後來縱聲大笑：「哪有什麼祕密？」

「真的，那就怪了，沒有祕密為什麼不准進去，而且每回提到閣樓，你都神情緊張？」

「哪有，真的是奶奶的雜物，怕你進去有危險。」

「雜物？危險？」

爺爺不清楚我已進了閣樓，我知道裡面擺滿了骨董鐘，哪是什麼雜物，難道他所謂的雜物就是骨董鐘嗎？分明在說謊，卻又那麼自然，這指明一件事，閣樓裡有更大的祕密，我心裡想，爺爺依舊不說，我只好自己來查查了。

「現在帶我進去看看好嗎？也許我可以幫你一點忙，把髒東西清一清啊。」

爺爺聽見這話，反應有些不尋常：「千萬不可以，我自己來就行了，不必人家幫我。」

「什麼人家不人家的，我們是一家人，不是人家啦。」

我眼見糾纏下去，爺爺恐怕會翻臉，就此打住，請他帶我去河濱公園騎單車，他一口氣就答應，二話不說牽出兩輛車，我們慢慢的騎向河濱，祖孫倆邊騎邊說，笑聲四溢。

5. 揭開閣樓的祕密

爺爺藏了不可告人的祕密，讓我有些心結！

我一度以為絕不是爺爺的孫子，他一定不愛我，他沒有把我當成最知心的人，否則幹嘛瞞著閣樓的事？

沒有我絆著他，爺爺會不會更開心，他像過動兒一樣，和一群老朋友天天東奔西跑的，忙個不停，我反而成了他的拖油瓶。

爺爺常常跟他們去健行、早泳、爬山、溯溪，我有時候同行，如果不跟他去，就到隔壁的狄斯家玩，這些決定全取決於爺爺的認定，他以為危險的，我就不行去；不危險的，我便同行。

這一天，很早很早爺爺便醒來，把嘴巴貼在我的耳朵，用了一點點力，把話彈進耳膜，說他煮好早餐了，早上不陪我，他要與林爺爺去泡湯，說完轉身就走了，我以往都會生悶氣，吃飛醋。常常嘟囔著：

「我一定不是你的孫子，對不對？」

「林爺爺比我重要嗎？」

「你好狠，把我一個人放在家中，你不擔心嗎？」

但，自從知道閣樓的祕密之後，就不再那麼死心眼，反而期待爺爺快快出去，晚一點回來，我才可以化身偵探查個究竟。

我很喜歡泡湯，他就是不帶我去，他說溫度太高，泡太久會頭暈，不太好；奇怪囉，不太好？有危險？他幹嘛去，老人家更危險，

他不知道嗎？我問過這個問題，他根本不回答，一直吃吃笑著，反正不讓我去就算了，他會把我托給隔壁的林奶奶，不是我去他家，就是他把孫子帶到我家。

今天，我的眼皮特重，昏昏沉沉，醒不過來，爺爺叫我那一幕，我還以為是夢哩，醒來之後，卻真的發現爺爺不見人影了，只見著他擺在餐桌上的一張短箋——

洛依：

爺爺去泡湯，粥還熱著，菜炒好了，
自己再煎個蛋，就是美味的早餐了，
吃飽了去林奶奶家，狄斯在等你玩。

狄斯是我的伙伴，我們可以一起玩得很瘋，他對我的話都言聽計從，如果讓他知道這件事，也許是不錯的主意，但是爺爺如果知道，鐵定會生氣的，我都不准進閣樓了，更別說外人。

這下子陷入兩難，我自己探險其實也還好，但萬一遇上麻煩，沒個照應，的確滿危險的，但多了一個人，多了一張嘴，萬一說出去，大家都知道我家有座祕密閣樓，爺爺肯定會氣瘋了。

我知道怎麼做了，找來狄斯一起分頭調查，但必須與他約法三章，他得同我簽約不准洩露半句口風。

心意已決，我便動身去林奶奶家了，我與狄斯都像個孤兒，他與奶奶生活，我與爺爺過日子，兩個人一起像兄弟一般最是高興，我在他的玩具室裡玩了一小時，玩得好累，但也很無聊。

「想不想探險？」

正在擦汗臉露疲態的狄斯聽到探險，眼光馬上亮了起來：「什麼，探險？」

我微微點點頭，他開心的笑了，馬上轉身換裝，其實他已不止一次與我一起探險，我們每一回都有一些奇遇，同我出去他都說好好玩，我們兩個常演著頑童歷險記，有一回，我們還在溪邊救了一頭小鹿，牠被陷阱絆住，逃脫不出來，一直嘶鳴著，我與狄斯費了千辛萬苦，終於把牠從陷阱裡救了出來，他說那是最棒的一次探險了，我想也是；狄斯非常信任我，從不問我去哪裡，這次卻例外，他邊換衣服邊問道：「去哪裡？」

我往東方一比。

「你家？」

我們就是如此心有靈犀，我隨手一比，他便知道方位了，我點點

頭，輕聲的告訴他：「爺爺的閣樓。」

「閣樓？」

他把音量拉得很高，用帶著迷惑的眼神望著我，我根本不想解釋，拉起他的手便直奔我家，關於閣樓的事我與他說過一點點，說它有些神祕，至於如何神祕，我沒說，他也沒問。

我們坐在沙發上，我用很嚴肅的口吻問他：「你會保守祕密嗎？」狄斯毫不遲疑的點了點頭，我要他伸出手來，與我的手打勾勾，再用大拇指蓋上一個代表信用的大印，他依著

我做了；看來他是誠意的，絕對不會說出去，我便把我上回在爺爺的閣樓裡發現奇怪的鐘，一五一十說了一遍，他也覺得其中必有古怪，非探險不可。

爺爺跟林奶奶說，今天會晚一點回來，這可是機會；有了上一回找鑰匙的經驗，這一次不再困難，沒多久我便找齊了五把，我的記憶還不錯，還記得上回的錯誤嘗試，我順著原來的方式試了一遍，閣樓芝麻開門了。

「哇！」

門開了，狄斯驚聲尖叫，我摀住他的口鼻，用最快的速度把窗戶打開，讓新鮮的空氣流了進來，就在這一刻，我清楚聽見一聲低吟。

「有怪聲？」

狄斯搖搖頭，根本沒有聽見，只說有怪臭味，顯然我們的認知有差異，可是我發誓，真的聽見聲音，但事後想想，也許真的聽錯了。

呀，伊……

大約兩分鐘之後，怪聲再度出現，這一次連狄斯都聽見了。

什麼聲音？

這一次沒有暗器傷人的事了。

我猜是上一回用過了，所以一切平靜。

怪聲音也沒有再出現，這一回有狄斯壯膽，我表現出男子氣概直挺挺走了進去，發現閣樓比我想像的還大，由兩個空間組合，擺了很多鐘，後進是工具間，掛躺的鐘每一座都稀奇古怪。

老鐘有什麼可怕的，為何不准上來呢？

我清晰記住時光椅，二話不說，便往那個方向看去，時光椅還在原來的位置，沒有被移動過，爺爺的字仍清楚可辨，這張結合時鐘與

椅子的怪東西，我最感興趣了，很想解開玄機。

狄斯顯然與我英雄所見略同，對它充滿好奇，他東瞧瞧，西看看，再回了個身，由西向東再看一遍，摸了再摸，搖頭晃腦講了一些聽不清楚的話，口中喃喃自語：「這是什麼怪東西？」

狄斯動作迅速的便坐了上去，我來不及阻止，椅子上已印著鮮明的二塊屁股印，我趕忙把它擦掉：「萬一爺爺進來就慘了，馬上可以捉到闖進來的人，小屁股的印子這麼明顯，不難依印逮人。」

我對狄斯扮扮鬼臉，他意會到了，動手又擦了一遍。

時光椅？

狄斯搖頭晃腦，一直念著時光椅三個字。

「什麼是時光椅？」

其實我也不明就裡，我猜想是一部與時間有關的東西，至於什麼

-001127850
時光

關係，實在猜不出來。

狄斯好奇的摸著按鍵，順著線路往下，他發現接頭在時鐘上：「這把椅子應該與時鐘有關。」

廢話，我看也知道，電線接在一起會無關嗎？什麼關係才是重點；椅子上有兩個按鈕，一個是去，一個是回，這一回我又有點丈二金剛摸不著頭緒了，為什麼時光椅上會有去回兩個鍵，去哪裡？回哪裡？旁邊置放一本說明書，太厚了，依我們識字的程度可能讀不了，一旁有一張簡略操作說明，我大略看懂，順手把它塞進口袋裡了。

我覺得空想不如嘗試，按一按也許便知道了。

我接下狄斯手上的按鍵，選擇最大的一顆，閃著綠光，直接啟動，只聽見嗶的一聲，椅子彷彿通了電一樣，紀年器上的數字快速轉動著，大約一分鐘左右，停在001127850，顯示正負的方格緊接著快

速游移，最後停在負字上，我正在思考這是什麼意思時，說時遲來時快，琉璃洞射出一道強烈的光芒，非常刺眼，把閣樓照得光亮無比，我清楚聽見沙沙的聲音從椅子傳了出來，我記起來了，這是剛進門時的怪聲，還在猜測時，一股光便閃了出來，合著強大吸力把狄斯整個人從椅子上拉了起來，浮升在半空中，旋了十多圈，狄斯的身體慢慢被拉長成一條光似的，一閃、二閃、三閃，狄斯竟從骨董鐘的小洞中，消失不見了。

狄斯去哪裡了？

時光隧道？

我被這突如其來的反應嚇得驚訝莫名，心想，怎麼會出現這種事，鬧出了人命，如何向林奶奶交代。

爺爺也真是的，這麼危險的東西為什麼要放在家中，也不說清楚，如果他同我講真話，或許我就不會探險了；其實也未必，也許他認真告訴我嚴重性，我也不會相信，反而更想探險。總之，狄斯不見了，從一座骨董鐘旁的時光椅上消失不見了，這下該如何是好？

我杵在原地，雙眼無神，眼淚落個不停，也想不出辦法，正當我束手無策時，靈台突然閃過了一起進入時間隧道的念頭。

但怎麼去呢？

我大約記得如何操作，照本宣科，也許就去得成了，既然如此，心意已決，就去吧。

6. 回到過去

我屏住鼻息，氣運丹田，緩緩移向時光椅，輕輕坐上，按了一下綠光鈕，闔上眼睛，幾秒鐘機械一如預期的轉動起來，天搖地動，地轉天旋，幾分鐘過了，卻一點動靜也沒有，我偷偷睜開眼睛瞧了一眼，紀年器上的數字這回顯示的是000412371，我清楚記得這組數字與狄斯不同，直覺告訴我，兩組數字差太多了，我本能的從椅上躍了下來，一束光快速射出，正巧打在我鞋前一公分處，迸出了火花，不偏不倚掠過了我頭頂，收尾時還發出咻的一聲，回到了平靜，把我嚇出一身冷汗。

怎麼辦才好？

我記錯了嗎？

數字顯示不同，抵達的地方鐵定有所不同吧，這是我合理的懷疑，最保險的方法當是一模一樣了。

我忽然餘光掃過閣樓的西北角，發現爺爺的雞翅木書桌上靠近時光椅的一個小角落，躺了一本黃色、微皺、帶點霉味的小冊子，我趕緊走了過去，把它拿在手上，上頭寫著「時光椅實作守則」，仍是爺爺的字跡，我按捺住緊張的心情，遵守爺爺的戒律，一切從緩。

我慢慢緩和情緒坐了下來，將說明書大約翻了一下，眼睛隨之一亮，其中有一小節說到正負的意義，正數代表未來，也就是去到未發生將發生的國度，負是過去，代表古代，消失的，以前的地方，數

字是年代，這麼說來，0011278850便意味著狄斯到達了一百一十二萬七千八百五十年前的過去。

我清楚記得，有一年夏天，一個有風的夜晚，星星爭輝，明月皎潔，爺爺與我坐在門前的院子喝茶聊天，微風在臉上輕輕滑掠，他以很神祕的口吻告訴我，他有了一點點小發現，他說，如果過去、現在、未來可以在一條線上游移，穿梭時空就成立了，他還說，穿梭時空便可以找著外星人了，否則每個星球相距遙遠，以現有的科技是不可能登臨。

如果真有外星人，表示他們的科技遠遠超越我們，這下子可有難題了，萬一他們有敵意，人是不保的。

我實在聽不懂，但為了迎合他，一直猛力點頭，爺爺顯得好開心，原本以為他在胡說八道，現在看來是話中有話了。

爺爺早對物理感興趣，他一直在找尋時光隧道，但卻未料到，證明的人是我與狄斯，搞不好我們還會因而一去不回哩，但無論怎麼樣，人還是要有義氣，我非去找狄斯不可。

說明書提到「重製」，爺爺寫了一組說明，他說，如果想去同一個地點，只要先按一個「去」，再按橘鈕，接著按黃鈕，最後在藍鈕處按兩下，再按綠鈕確認就對了。

賓果！

可以找著狄斯了。

我走回時光椅，坐上軟綿綿的椅墊，手中握著說明書，按照爺爺的說法操作一遍，時光椅果真動作起來，又是一陣天旋地轉，數字果真指在0011127850，另一個指針指向負數，琉璃方洞發出強大的光芒，把我吸了進去，我感覺到身體扭曲，像要解體一般，細胞分離似的，一寸寸被拉了開來，像絲一樣，拉成細細的、細細的光，呼的一聲，從小洞裡鑽了進去，我短暫失去知覺了。

當我醒過來時，人浮在半空中，飄來盪去的。

我還是人嗎？

或者只是一束光？

我看了看自己，摸了一下，捏了三次，沒錯，有知覺，應該是人。為什麼會飄浮著呢？我在哪裡？這裡是過去嗎？狄斯呢？

我以一點點小小的、膚淺的物理學知識相信，這是無重力狀態，其他我還沒心思想，只想快一點找著狄斯。

遠遠的，看得不太清楚，彷彿是個人形，載沉載浮的，我想是狄斯吧。

他似乎也看見我了，遠了一點，我看不出表情，應該高興才是，他斜趴著，翻不了身，也掉不了頭，但從他的動作明白，一切安然無恙，無論如何，這已是天大的喜事了。

狄斯動彈不得，我還能動作，那我就飄到他的身旁。

天空這一刻像極了河流，我努力划，用力踩，準備「游向」，哦不，應該叫「飄往」，好像也不太對，反正就是慢慢靠近狄斯的身

旁。

一小時之後，我已到了可以看清楚他的位置，狄斯看來有些恐慌，一副不知所措的模樣，看見我之後眼淚馬上滑了出來：「我以為這下死定了，鐵定變成太空垃圾了。」

我安慰他：「我不會放下你不管的。」

「這是哪裡？」

「我也不清楚。」

狄斯以為是外太空，看來應該不是，但具體是哪裡我也不清楚，我告訴他看過爺爺的說明書，如果沒錯的話，這裡叫做「過去」，而且是一百多萬年前了。

「過去？」

「嗯。」

「我們回到過去？」

「嗯，嗯。」

「我們真的回到過去？」

「嗯，嗯，嗯。」

我被他問煩了，馬上制止：「別問了，不管是不是過去，我們都飄在天空中，想想辦法下去才是正途。」

說不想，我還是想了一堆，每一個人都有過去，但活生生回到過去，而且是一百多萬年前的過去，可真是想也沒

想過的事，沒料到會在爺爺的閣樓裡遇上一座鐘，把我們硬生生拉回一百萬年前。

我抬頭望了望，發現原本濃得化不開的大霧漸次散去了，我與狄斯開始可以看見地面上的一切，有人，有飛行器，有高聳入雲的大樹。

這棵樹大得直上雲霄，高得很，怪得很，就立在我與狄斯飄浮的身旁，後來我們幫它取了名字叫做「雲霄大樹」，最高處剛剛好碰上我的腳，我彷若得救了一般，示意狄斯想辦法到達樹上，也許就有救了。

於是我艱難的翻了身，脫下腳上的鞋子，光著腳丫，用腳趾頭試著夾著樹枝，幾回合下來早已汗流浹背，還是無濟於事。

我想起以前媽媽教過我瑜伽，我會一點點軟骨功，使盡了力氣，

讓身體彎曲，克服一點點重力難題，三番兩次功敗垂成，最後被我抓著了竅門，使力一蹬，躍上了樹，抱著樹幹。

狄斯依舊飄浮著，我沿著樹幹，一寸寸爬到他的身旁，在最靠近他的一根樹枝旁停住，雙腿夾住大樹，盡量延展身體，把狄斯移撥過來，奮力一拉，真的把他盪到樹上了。

我吐了一口氣，狄斯更是嚇出一身冷汗，這麼一來，我們就不會

淪為太空垃圾了，心神甫定才發現這棵樹的確高大，彷彿穿天而立，天啊，難題又來了，怎麼抵達地面呢？

「雲霄大樹？」

從我有見識以來，對不起，我的見識實在也沒幾年，但至少見過不少樹，從未見過這麼高大威武的，怎麼長出來？施了什麼肥？為何這麼大？

不知道，這真的太難了，並非我們小朋友可以理解的，我告訴狄斯，也許是尖端科技之賜。

「尖端科技？」

「對啊。」

「但，一百多萬年前的科技怎麼可能比我們好？」

狄斯的提問，讓我觸電一般，對咧，一百萬年的科技怎麼可能勝過我們呢？

其中必有玄機，可是眼前最大的難題還是如何爬下至少幾公里高的樹，好幾公里咧，樹的高度用公里計算，太扯了！

7. 過去之城

雲一團一團的盤據而來，形成了海。

伸手不見五指，令人心生恐懼，即使如此，我們也一刻都不能待著，因為高空中實在太冷了，久待不得，鐵定會凍死的，我用腳踏了踏，確定有硬硬的節瘤，才往下一步，依序再往下一步，我後來探出節奏了，原來這棵大樹以節瘤當階梯，可以順著踏步而下。

我把這個發現告訴狄斯，要他把心情調穩，吐出一口穢氣，把新鮮的空氣納進來，便能聽見樹的律動了，狄斯照我的方式做了，而且

得到回應。

我從左邊出發，狄斯由右降落，他告訴我，行的，他從小就在鄉下長大，爬樹一流，沒有問題，我見識過他的功夫，的確棒極了；初時未遇見太多困難，即使雲海這麼濃，腳底下雲霧邈邈，我們仍可憑藉自然指令，估算爬了有七百公尺。

正當我們以為一切順利之時，狄斯突然手一鬆，整個人滑了下來，從我面前很快消失了，我想伸手去抓，但根本來不及。

「哇！」我本能大叫出聲，用力喊著：「狄斯……斯…斯…」聲音在空氣裡迴盪。很快的，我得到了回應：「我在……在…在…」狄斯沒事咧，他身手矯健，我猜一定被他攀上樹枝了。

我加快了速度，一節一節的，很有規律的，很快的我看見了一點能見度，但風力卻在此時增強，刮著樹枝，發出沙沙的聲音，許是風力滿強的，樹開始前後左右搖動起來，我看見狄斯了，並且提醒他抓牢，否則被吹下去可是會粉身碎骨的，我再爬近了一點，發現剛剛那一跌，把狄斯嚇出了冷汗，汗滴了下來，馬上結成冰柱狀，這一刻我才意會到，高空中的溫度這麼冷，為什麼我一點感覺也沒有，壓力與地面全部不同，我怎麼受得了，還有這一棵樹，地上與高空差了幾十度，它是如何調節的；不想還好，一想之後所有問題全上了心頭。

「可以停一下嗎？」

狄斯哀求我，瞧他體力透支的模樣真是不忍，雖然我明白冰冷中停下腳步風險很大，不過我還是提醒狄斯，不能逗留太久，最好在天黑之前抵達地面，否則會有危險，因為我真的不知道，如何躺在天空中過夜。

狄斯很想睡一會兒，我大聲嚷嚷，告訴他，不行的，但為何不

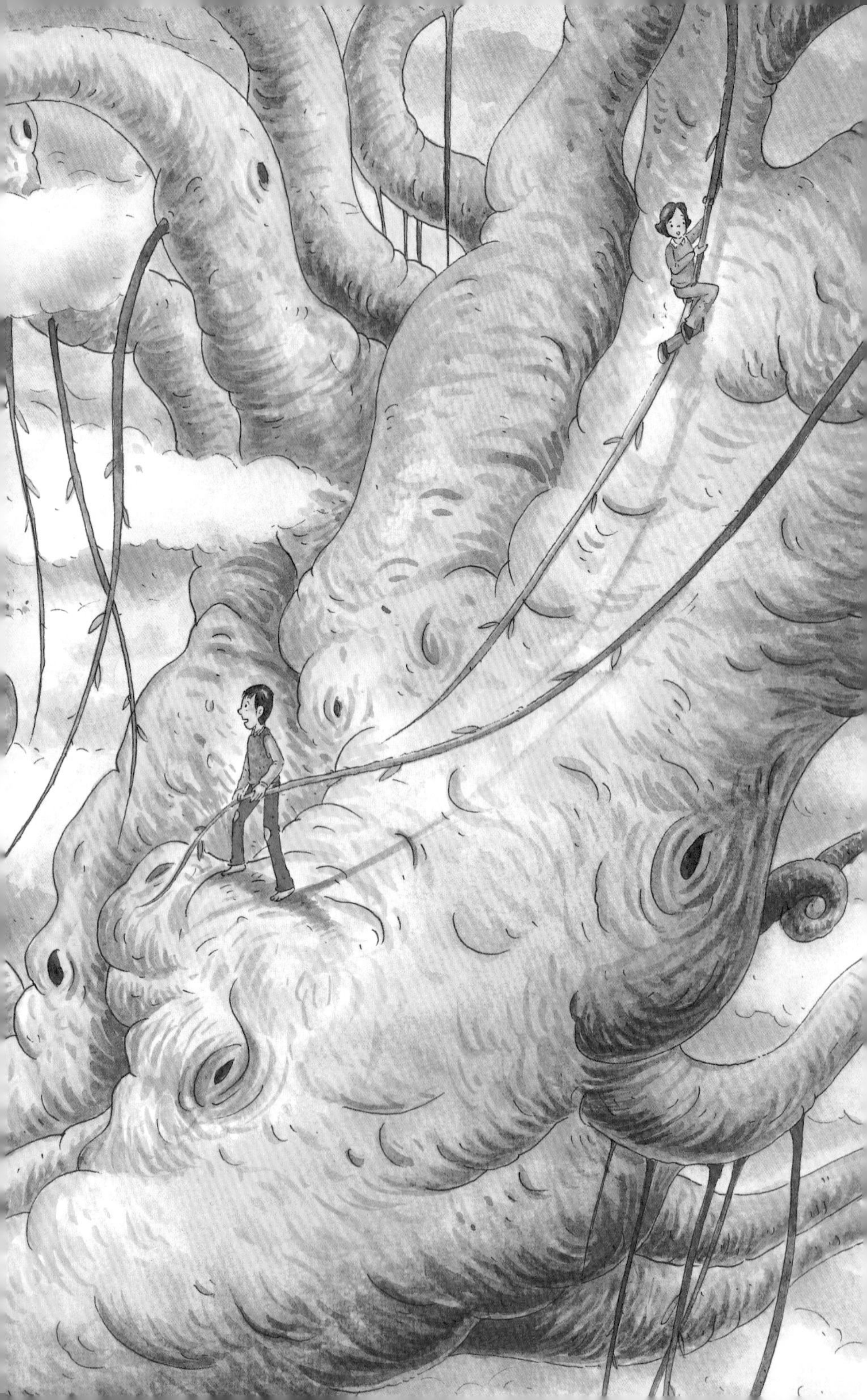

行，我也說不明白，只記得愛登山的爺爺告訴過我，人在高山上失溫時，最怕睡著了，睡了等同於死了，我不確定現在的情形與高山症是否相同，反正我不可以讓狄斯冒這個險，無論如何都得阻止他睡著。

我們說著說著又往下攀爬了一公里多，在大約兩公里處發現一條藤蔓，筆直垂降而下，看不清楚是否到達地面了沒，猜想該有這麼長吧；這真是福音，我與狄斯最會盪鞦韆了，從小爺爺就教過我方法，我口述了一次要領，要求狄斯記牢，我們約定，兩個人一前一後別離太遠。

我仔細觀察過藤蔓的粗細大小，斷定大約有一個飲料瓶子粗，按照我的小小腦袋，不算聰明的估算，承重兩個小孩肯定不成問題的。

「來吧。」

我高喊一聲：「跟上來。」便溜滑而降了。

空氣中飄流一聲應允，我想狄斯應該跟上了。

這條藤蔓果真夠長，一直垂降到地面，風奇大，盪起蔓藤有點可怕，呼呼呼的風聲一直在耳際迴旋，我在風中聽出了音律，111，2，3，44嘿，111，2，3，44嘿，莫非這是祕語，我在心中默數著，在第二聲4出現時盪了出去，便能踩在一個樹幹上，每回下降可以長達五百公尺，沒有幾回，我們便著陸了。

眼前是一座古老的城市，近在咫尺，我不免有些激動起來了。

百萬年前的「過去之城」，竟然給人一種新鮮的科技感，這種落差的感受有些古怪，說不上來。

按理說，百萬年前應該是野蠻的，不可能超越現代，這與我所了解的時間程式是不同的，如果文明只有進步，就不可能出現過去優於現在的情形，但眼前的事卻令人迷糊了，原來進步之後也可能退步的。

我與狄斯在過去之城中看見比我們更先進的景象，井然有序的街道，豐富多變的房舍，規格化的設計，快速如飛的交通……猶如一座超現代科技城，但在森嚴的背後卻又透著冰冷，我說不上來那種感覺，如同狄斯說的：「感覺上很沒有人味。」

這句話形容得真好，就是沒有什麼人味。

我提醒狄斯不能只顧著看，我們還有很多險阻得克服。我們收拾起心情，定睛一瞧，才發現神木的樹幹果真巨大，大約需要我與狄斯的手環抱一百次以上，方可圍上一圈，我仰頭而望，根本望穿不了樹頂，天啊，我們是怎麼辦到的？竟然可以從高聳入雲之處下來了。

由雲端入紅塵，真正發愁的事才開始，兩個小孩人生地不熟，根本沒有認識的人，也不了解這裡的人是善是惡，友善還是兇狠？

我與狄斯異口同聲的說，很想回去，但怎麼回去？我們也一無所知。

「怎麼辦？」

我也想不出好辦法。

「既來之，則安之，先探險再說。」

我們走了好長的路，終於看見了光，我很驚訝的發現，整座城的確有些陰森，森林極少，大約與現在的人類一樣，都被砍伐建城，即使有幾處小公園，樹木也長得不理想，少少幾片葉子。

人呢？都躲到哪裡了，為何不見人影？

我們終於在轉彎處看見一排房舍了，長得特怪，不像我們的房子，橫豎一個樣，在這座古城裡，房子很有特色，每一間都不盡相同，各有味道，應該是主人的風格吧，有長的，有短的，有斜的，有圓的，有扭曲的，各式各樣，應有盡有，有點後現代的流派，狄斯覺得怪怪的，我倒滿欣賞。

正當我們對著房子比手畫腳之際，三個人匆匆從我們面前走過，快得很，我們根本來不及反應，他們已消失在昏暗的街頭了，我心中犯了嘀咕：「慘了，鐵定被發現，他們一定去糾集村民了。」

但，他們似乎見不著我們似的，奇怪咧，我們是透明人嗎？或者我們來自不同時空，異次元的關係，他們看不見，或者我們來到百萬年前的過去會自動隱形？

既然看不見我們，那就再好不過了，可以堂而皇之的懶驢逛大街四處看看，順道了解百萬年前的樣貌，這是個好主意，有如古代帝王微服出巡一樣。

我突兀的想起爺爺說過的一句話：「文明未必是文明！」以前頗為不解，現在可以理解一半了，這座古老城市給人的感覺很科技，但卻冷冰冰，人與人之間彷彿沒有關係，人與房子也沒有關係，人與土

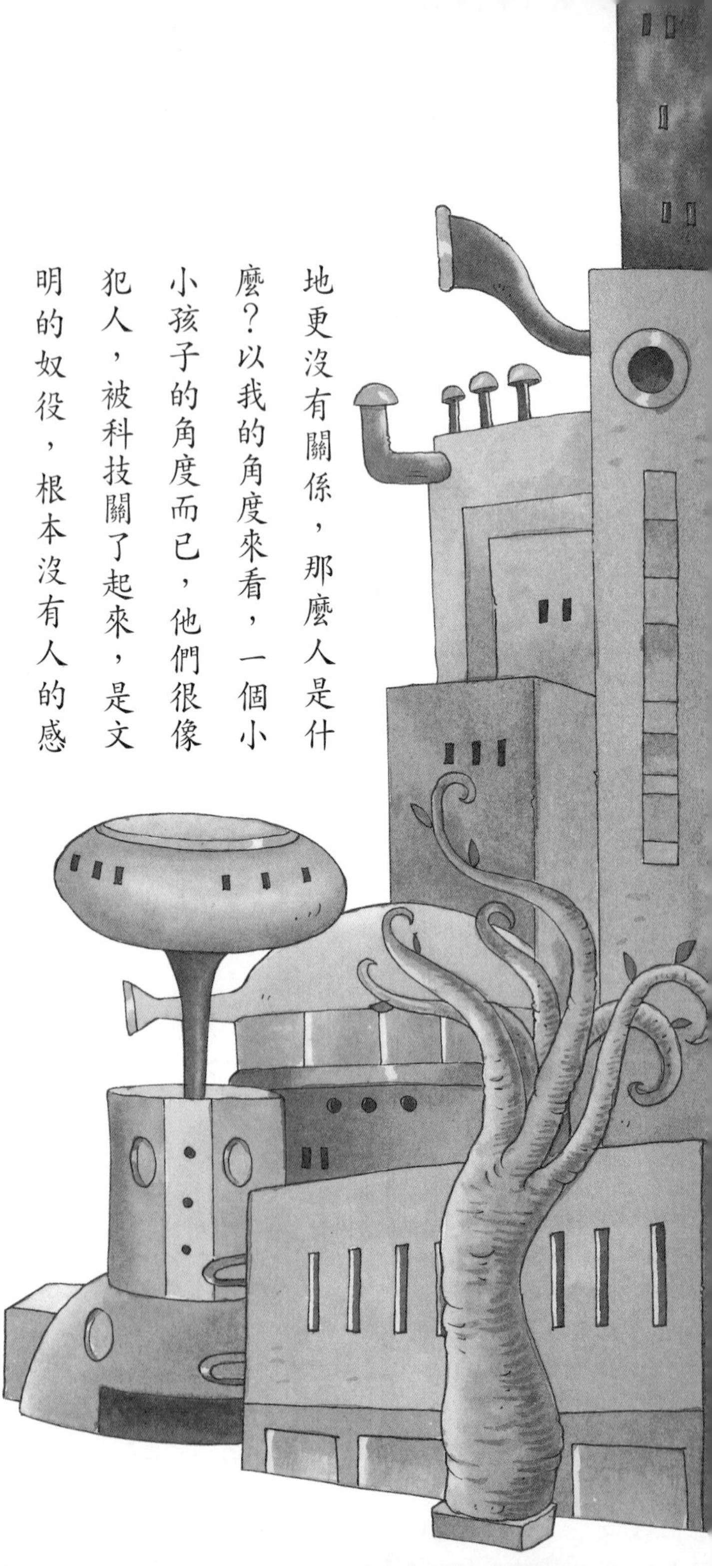

地更沒有關係，那麼人是什麼？以我的角度來看，一個小小孩子的角度而已，他們很像犯人，被科技關了起來，是文明的奴役，根本沒有人的感覺。

嗯，沒有錯，這樣看來我與狄斯才是人啦，有七情六慾，有喜怒哀樂，有風花雪月，這裡什麼也沒有，好像荒漠，但沒有甘泉。

爺爺喜歡在夜裡說故事，有一回，說了一個令我印象深刻的預言故事：有一位科學家發明了一座球屋，把一個社會摸擬在一顆玻璃球上，讓人在裡面生活，結果發現，不到六個星期，人都快發瘋了。可見人味很重要，既然如此，我就很難相信，這麼孤寂的城市，怎麼活得自在呢？

再多的疑問，也不比吃重要，民以食為天呀。

天色漸漸晚了，我們真的有些餓了，再不找些東西吃，恐怕沒在樹上冷死，卻在樹下餓死。

8. 神的科技

哪裡有吃的？

正當我們焦急不堪時，一輛銀白色浮了起來的懸浮車，在我們面前停了下來，傳來制式化的聲音：「08453*&^%=.。」

這是什麼東東，狄斯說應該是：「請上車！」

我猜也是，我驚訝發現，這輛車沒有司機，沒有軌道，到底如何行駛？我合理推論是用遙控感應，我

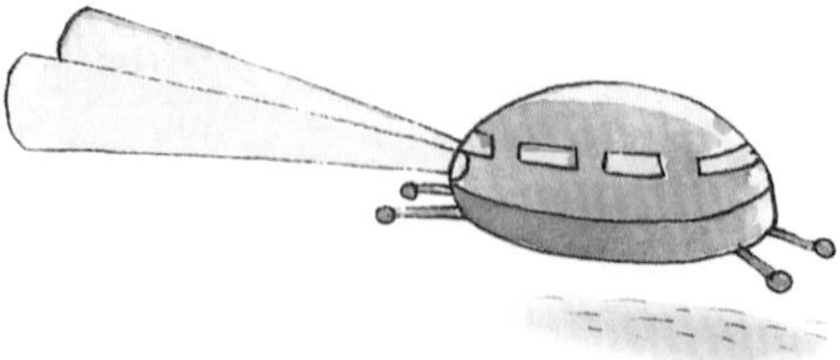

們站的地方並無站牌，車子自動停在人的身旁，顯見還配備了體溫感應器，用人的體溫辨識位置，並且判讀是否坐車？如果我猜的正確無誤，便足以相信，百萬年前真有高科技了。

但，這樣的科技為何在百萬年的某一天消失無蹤呢？

我與狄斯都很想知道。

「08453*&^%=.。」

車子二度傳來催促聲，我們快速上車，至於要去哪裡，就不多想，反正每一個地方都是陌生的，去哪裡都一樣，有得吃就好，反正我們是透明人，看見吃的就自取來吃了。

車子裡共乘了七位，每一位都低著頭，沒有人交談，很安靜的坐在自己的位置上，一動也不動，要不是其中一位稍微動了一下，我還真以為是塑像咧。

車子無聲無響，但速度奇快，咻一聲就是一站，咻咻咻，便過了好幾站了，六個人陸續下了車，剩下一個，還有我與狄斯了。

「@!$~hyo976?」

哇，這是什麼意思，狄斯倒會胡謅：「應該是去哪裡吧？」我捉住狄斯的手請他別答腔，一出聲便露骨了，門一開，我們緊跟著最後一位下了車。

我們漫無目的走著，但可不是辦法，我告訴狄斯選一間房子，一旦發現有人進出馬上跟著進去，否則會餓扁。

狄斯點點頭。

我們坐了下來，眼光一直注視前方，左邊臨著山崖，右方靠著大海的大戶人家。

慌亂一整天，總算有一時半刻靜了下來，可以好好欣賞這座遠古

城市，看樣子除了古人與文明之外，與我們沒什麼兩樣，如果有的話，就是時間了，它們在百萬年前，我們在百萬年後。

懸浮車毫無止息的在我們面前飄來盪去，令人眼界大開，懸浮車四處飄浮，看似沒有車道，竟不會相撞，彷彿裝著導航設備般；遠方有一條長長的紐帶，像輸送帶，在天空交錯出一百三十二條輸送管，載人專用；最奇特的是燃料，車子開著開著會自動停下來，一根帚子從底盤伸出來，把路上的樹葉、木屑、食物渣之類的東西，全掃進一個方洞之中，呼呼幾聲，車子又啟動了，狄斯看了目瞪口呆，直說不可思議。

這是一座神的城市，什麼東西都很神，隨手摘下一葉樹葉，放進一部手提式的機器中就可以造出紙來了，名片也是如此，一片葉子放入壓合器中，就是一張別出心裁的名片；路燈是天然礦石製作的，可以永久使用。

他們還擁有多功能的「製物機」，想製造什麼就製造什麼，包括大型家具，只要準備好木料，按下「桌子」，幾小時後就有一台書桌了，按下「櫃子」，就有一個尺寸合宜的櫃子，按下「檯燈」，連燈泡都可幫忙安裝。

這裡的人簡直在演神話，什麼東西在我看來都是神用，以上這些發現，是在認識卡曼之後，聽她說的。

按理說科技這麼發達，人該很幸福吧，可是沒有，我發現這裡的人冷淡得可怕。

這就奇怪了。

我們等了一小時後，屋子終於有了動靜。

山崖邊那棟怪怪的，斜斜的，不太對稱，一腳立著三腳懸空的怪房子，彷彿藝術品，快速旋轉起來。

十五秒之後，怪房子四腳著地，兩個人鑽了出來，我們趁著空檔朝屋子走了過去，在他啟動按扭之前，我們偷偷溜了進去，瞬間屋子又像玩具一樣旋轉了七圈，成了另一種形狀的房子。

「簡直是魔術屋！」我與狄斯異口同聲驚嘆。

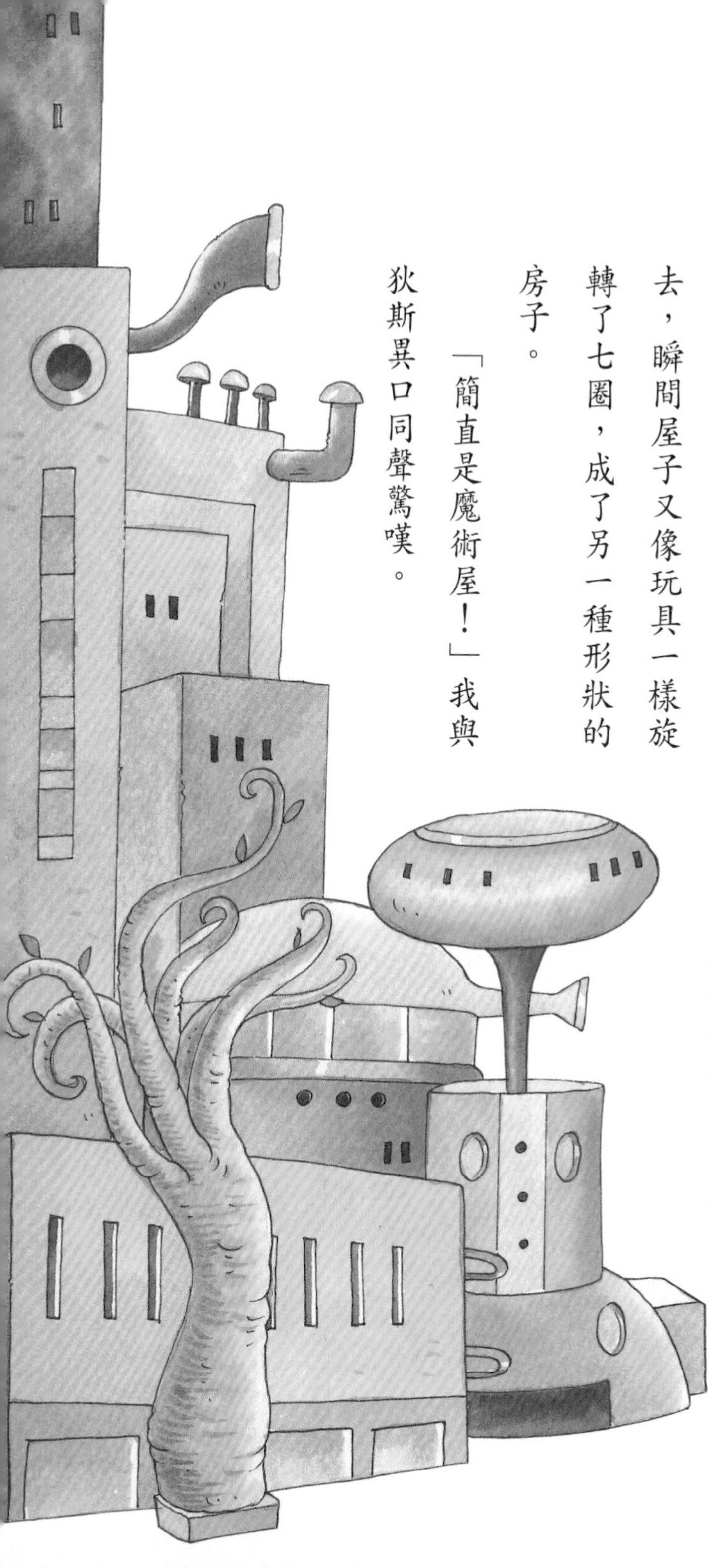

「找吃的。」

我提醒狄斯不要忘了潛入民宅的目的，狄斯看看我，念了一句：「民以食為天。」

孺子可教也，狄斯拉著我大步向前，我們驚奇的發現，屋子裡竟然種了一棵接一棵的水果樹，簡直是「溫室培養所」，屋子裡的桑椹樹正結果纍纍，果實約莫有我所見過的兩倍半大，大約像顆棗子了，芭樂有一個大水杯那麼大，綠茸茸的，黃澄澄的，看起來就好吃，金棗樹也結了果，果實正由綠轉黃，快可以食用了，爺爺老家種過金棗，我愛吃極了，順手就摘下兩粒，我們各自摘食了一顆，再往前走就是廚房了。

的確是廚房沒錯，但食物呢？

我注意到牆角，有一處畫有食物的角落，我直覺反應應該是電子控制的食物儲藏處，真的很餓了，只得一試，我伸手按了按牆上的面板，果真顯示食物菜單。

「好多菜色哦，比奶奶的花樣還多。」狄斯最愛吃了，這種神奇的吃法，他可是從未嘗試過，其實我也是，密密麻麻的菜單，可以隨意組合，我挑了肉煎蛋，按下混合，一道鮮美的肉煎蛋，五秒就出來了，狄斯點了蔥、鱸魚、辣椒，按下鈕，大約十秒鐘光景，一道熱騰騰的菜就出現在眼前了。

「天咧，不是神奇，簡直是神的化身喲。」

我們肆無忌憚的亂點亂按，吃下不少東西，肚子鼓了出來，接近飽和狀態，我阻止狄斯再按菜單，這樣會把這家人的菜飯一食而盡，萬一惹來主人生氣，可就後果不堪收拾了呀。

飽餐一頓之後，我們四處瀏覽，逛逛百萬年前的美麗之家，廚房的側房有一道門連通書房，推開門，展現在我眼前的是另一種超科技的感受，光亮純潔，高雅大方，看來很有品味，我仔細端詳，它採用挑高設計，至少六米，整面牆是書，另一面牆是音樂大碟，狄斯眼尖，馬上看出玄機：「那是真的嗎？」

我走向前，才發現書也不是書，它是鑲嵌在牆上的，用手輕觸，書便打開，在螢幕上播放，看起來像是「電影書」吧。

音樂也是如此，全數都在牆上作業，連音箱也是虛擬的，一碰觸，音樂盒子打開，樂音便從牆與牆之間川流出來，我與狄斯聽得如痴如醉。

我們開始樂不思蜀，完全忘了從閣樓掉了下來的事，該不該回去變得不重要了，我們差點把這裡當成爺爺的家。

正當我們欣喜若狂之際，門突然開了，一位小女生站在我們面前，對著我與狄斯淺淺的溢滿了笑。

我們嚇了一大跳，但狄斯提醒我：「別怕，她看不見我們的。」

是呀，我怎麼忘了，但接下來令我們驚奇的事發生了：「好吃嗎？」

小女生走到我們跟前，還問：「好吃嗎？」

難道她看得見我們？

「我叫卡曼，屋主的女兒，我的確看得見你們，在這個國家只有三個人可以目視靈魂，我是其中之一，而且只有我懂你們的話。」

等一等，等一等，目視靈魂，難道我們死了嗎？

「你們沒死，只是靈魂出竅，魂來到我們的世界而已，至於身體應該還在你們的世界。」

不對，不對，我明明看見狄斯是整個人，真的，是整個人喲，飛了出去的，難道不是嗎？

「沒有錯，但半小時之後，形體就會復原，只是不會說、聽、叫吧，看起來像尊木頭人。」

卡曼應該已在暗處觀察很久了，對我們瞭若指掌，她示意我們在書房內側找個地方坐下來，一起聊聊天，我們緊跟著她入了內室。

「你們對百萬年前的我們，一定有很多疑惑，根據你們短短一天的觀察，你們的科技有比我們強嗎？」

卡曼開門見山的說法，讓我們很難招架，不必強辯，當然沒有。

她輕輕的點點頭：「我看來是個小孩，但卻是這裡的智者，我想把我的預言、先知與卓見，用最短的時間與你們分享，如果幸運的話，希望你們有機會帶回現代，告訴那些執迷不悟的人，給他們生機；你們發現，古代很文明是不是？但我很想慎重的告訴你們，沒有文化的文明真的不妥，沒有利益眾生的慈悲的文明，反而會害人，這是我最憂心你們的地方。」

「我算是這裡的通靈人，對於過去、現代、未來，有一定的觀察與預言能力，很擔心現代的未來。」

「為什麼？」這話很有意思，我想一窺究竟。

「你們已經步著我們以前毀滅的老路前進了，算是在懸崖跳舞的文明。」

「毀滅的老路？懸崖跳舞？」

「對的，也就是說，只在乎科技的進步，卻忘了人生的本質，你看看我們的科技就清楚了，很厲害，卻又人味盡失呢。」

卡曼的話深深扣住我的心靈，我一時語塞，半天說不上話來。

9. 卡曼的憂心

卡曼年紀輕輕，但成熟度與談話的聰敏令人望而生畏，彷彿小大人。

她的每一句話都重扣人心，她說科技會使人失去方向，自私自利，貪得無厭，慾望城池，像極了野生動物，只有攻擊，沒有合作，人與人之間會變成憎恨的，敵意的，傷害的。

卡曼的哲言，的的確確是我們現在的世界，怪不得她

會說，我們在走他們的老路子，一點沒錯，我們的社會愈來愈令人不敢恭維，為了多得一點點錢，可以罔顧人命，汽油是混的，菜是有毒的，米含有鎘，土裡含有重金屬，豬雞鴨鵝是病死的，沒有一樣東西少了防腐劑，根據卡曼的說法，我們久而久之便將變成木乃伊了，千年不壞，人人身上都有一堆有毒的壞物質。

卡曼說，他們的國家是被戰爭毀滅了，我真的不了解，如此先進的國家也會被打敗，那麼誰打敗他們的國家呢？卡曼說，毀於內戰，兩個想要權位的人互相攻擊，一個文明的國度就因為兩顆按鈕而消失了，這就是人性貪婪的壞處。

卡曼的話，讓我想到現在的世界，我雖然只是小孩，讀的書不多，但有看過電視，知道很多

國家都處於戰爭邊緣，擁有核武的國家日益增多，稍有不慎，擦槍走火，肯定把人類的成就毀於一旦。

卡曼憂心之處，莫過於此。

卡曼看起來並不喜歡這個家，她說：「對的，我與爸爸媽媽一年說不上太多話，而且很貧乏，文明都這樣發達了，還想更發達，何必呢？人不會是神的，幹嘛天天分數、功課，用功一點，聽都聽煩了。」

「爸爸很嚴肅，很少笑，我一度懷疑他是機器人，不過媽媽保證，爸爸的確是人，但我就是不了解，幹嘛活成像一部機器的樣子，出門工作，進門睡覺，他的嘴只做兩件事，吃飯之外就是罵人，其實我也好不到哪裡去，像個被關著的人。」

我從卡曼生氣的樣子，發現她雖然聰明，但還是一個小孩，而且與我們那個地方的人一樣，有著同樣的憂愁。

「關？」這句話我有些不解。

「嗯，上學被關在學校，放學被關在家中，我們不是沒有補習，而是在家中的電視牆上課，按表操課。」

「這麼可憐！」

「不！我算不可憐的人之一，還有更可憐的，比方說住在海底的人，河中的人，湖裡的人，空中的人，我不是說笑話，因為文明，所以大肆破壞，加上人口眾多，能住人的地方全塞爆了，只好與海爭地，與天爭地了。」

我這下有點不了解：「怎麼爭？」

「這簡單，建城就好了，我們在海中建了好幾座海底城，他們生活在海床上，忍受壓力差，過著孤獨的生活，也有人住在半空中，大約在一萬尺之上，人坐噴射梯上上下下，有事才下來平地，有些人一輩子都活在半空中。」

我露出一臉疑惑，卡曼說：「那好，我證明給你看。」

說完，卡曼引我與狄斯進入書房，拉開一面牆，用手輕輕觸動了牆面，螢幕上開始冒出水珠，冒著氣泡，水氣上升，畫面由朦朧到清晰，開始出現了移動的人影，旁邊還有熱帶魚悠游著，一看就知道在海洋之中，果然是真的，這就是海底城了。

卡曼再度按了三個按鍵，出現了一座天橋，密閉式的，天橋裡有人，進入了一棟建築，如同一座城市，四周圍全是雲朵，快速游移，顯示這是天空之城了。

令人驚愕的是，兩座城市的人，沒有一個笑容可掬，看起來略帶沮喪，心情不佳，煩惱上了身似的。

科技文明高度進步的城市原來未必是福，我心想，該惜福了，有一位幽默的爺爺，天天笑不停，還有愛我的林奶奶，與我一起玩的狄斯，如果可以回得去，我一定會孝順爺爺，好好陪陪他的。

想著、想著，我竟發起呆來。

水底城、天空之城令人感到好奇。

卡曼一眼就看出來我的心思：「別想科技城的事了。」

「嗯！」我輕輕答了一聲。

卡曼露出久違了，難得一見的燦爛之笑：「那是不得不的結局。」

「不得不？」這下連狄斯都驚呼出聲了：「為什麼不得不？」

卡曼長長的嘆了一口聽來有些悶悶的氣：「其實無論天空或者水裡面，生活都不可能優雅的，圓形的球體，不管多巨大，都是人類設想出來的密閉空間，如同集中營，被關在裡面一點樂趣也沒有，像奴僕一樣，成天就是工作、工作、工作，換了填飽肚子的東西，再去工作，日復一日，年復一年。」

狄斯喃喃自語：「這樣不就是機器了？」

「是的，就是機器。」卡曼點點頭。

「你們喜歡這樣的日子嗎？」

卡曼搖得很猛力：「當然不喜歡，但已無法改變了，這些惡果都是我們自己造成的，我們不是不想住在土地上，而是多數的土地已飽和了，只好移民，無處可去的，就住上半空中去；原因很簡單，暖化使萬年冰山融化了，海平面上升十二公尺，半數土地淹沒了，民不聊生，我們過度使用化學物質，空氣中的氧氣大量減少，幾乎到了無法呼吸的程度，這也是我們幾乎成天住在玻璃屋裡，靠氧氣輸送帶供養的原因，你們恰巧闖進我家，否則再過沒有多久，就會感覺呼吸困難了。」

卡曼一串連珠炮，正巧說中了核心，它好巧不巧的正是現代地球這些年來正在發生的事，而且有些已經發生了，怪不得她會說，我們在走他們毀滅的老路。

狄斯完全不了解卡曼的意思：「滅亡的老路？但你們沒有滅亡呀，我們還見著你們的城市，不是嗎？」

「那是幻影，海市蜃樓，是由於你們啟動時光機帶來的幻象，我們稱它為『變動空間』，經由時空轉換得到的短暫出現，聽來很高深，但實際上很簡單，就如同攝影機把我們拍攝下來，就可以在一百萬年後播放一樣；當時光機關上了，我們就又消失了；我這樣說你就

更易懂了，你們現在看見的是一部電影，我們是電影中的人物，電影中的人物是真的？還是假的？

不過，假的未必全假，我們有一個機會點，當你們誤闖，我們就可以因為捉住你們，試著去改變時間漕線，讓過去變成現在。」

「太玄妙了吧。」我與狄斯愈聽愈糊塗。

「的確很玄妙，但唯一不玄的是，我猜他們已偵測到你們的體溫了，你們的溫度結構與我們不同，我們在每一個街上都裝有類似的機器，一旦外物入侵，可以顯示異常反應，輸入溫度分析儀中，便能測量出你們來自哪裡，位置在何處；我們已講了一段時間，如果沒有猜錯，安全部隊已出發在路上，準備捉拿你們了。」

卡曼說她已救了多位誤闖的人，其中一位是老爺爺，聽她形容，好像我爺爺，但這個時候也管不了太多了，沒有空細細追究。

卡曼暫且說到這裡，便拉著我們走向祕道，那是卡曼用來救人的，這件事連她父母都不曉得，她二話不說，便帶著我與狄斯走進祕室裡，它就在她房子的鏡子裡面，卡曼輕輕一點，鏡子便化成一個洞穴。

「快進去，我已經感覺到他們來了，再不走就來不及了。」

我們還想再說幾句話，卡曼便使勁的推了我一把，將我推入幽暗的洞中，我來不及問她進了洞之後，該怎麼辦。

卡曼急了，什麼都沒有說。

在我們入洞沒有多久，便清楚聽見部隊開抵的聲音，在屋前屋後搜查著，夾雜的人聲與命令聲，最後有一個人，應該是長官吧，大聲喊了一句：「收隊。」

一切靜寂了，我們沒再聽見任何聲音，這下怎麼辦？再去找卡曼？還是往前走？

為了不連累卡曼，我們決定往前走，自己尋找生機。

10. 時間的店

卡曼的仗義，讓我們暫時逃過一劫。

但，接下來怎麼辦？

洞中暗無天日，大約經過半小時才習慣，眼前漸漸亮了起來，可以看清楚裡面的結構，它是一座結構堅實的防空洞，容納兩個人並肩走著沒有問題。

卡曼說：「最近常常有些不同年代的人入侵，所以全國進入戒嚴狀態，逮捕入侵者。」

「不同年代？」

我猜想，這是否意味著，偌大的宇宙裡存在著不同的時空、不同的年代，與不同的人，他們用不同形式存在，或者存在於不同空間之中，否則怎麼可能有不同年代的人同時存在呢？

狄斯問我，會不會這個年代活完了，就到另一個年代去了，我原本以為這是個蠢問題，而今想想，會不會真有可能呢？

卡曼還說：「誤闖者被鎖定之後，就被繪製圖譜，並且做了基因

定序，我們的研究專家發現，至少來過七個年代的人，來的人都有一個特色，統統沒有魄，只有靈魂，我們組織了一個特務機關，叫做『追魂部』，專事追緝這些誤闖者的靈魂，但不用擔心，能用肉眼看見靈魂的全國只有三位，一位叫梗蕨，一個是我，另一位不詳，可能在安全部隊之中，後來移入追魂部。

「追魂部的人還配備『照魂器』，只要撒上幾滴『照魂液』，就可以使魂現形，你們離開我家要特別小心這一點，他們統統配有照魂器。」

卡曼告訴我一些暗語，比方說，「魔哩嘰」，什麼是魔哩嘰，就是指「妖怪」，他們稱入侵者為魔哩嘰，只要聽見這句話就是指我們，非逃不可了。

看起來卡曼很喜歡我們，應該是年紀相差不遠的關係吧，我們其

實也很喜歡她，善良的人總會透出一股令人迷戀的特質。

卡曼只有一個缺點，太嚴肅了，不太笑。

「為什麼都不笑？」我問過她這一句話。

「我也不太清楚，生下來之後，看見所有的人都是這樣的，我爸媽也是，笑也不笑，好像木頭人，或者活的死人，很煩的，我們這裡的人都很有錢，但彼此不信任，鉤心鬥角，活得很辛苦；逗鬧他們，還會挨罵，所以特別喜歡你們這個時空的人，至少可愛一點。」

至少可愛一點？

當我想到這句話時，狄斯出聲叫醒了我：「你看，有光，我們走出來了。」

我們在黑漆漆的洞裡不知走了多久，竟讓我們脫離險境，出口的正中央有一間鋪子，寫著「時間的店」，我們順勢爬上來，拍拍身上的灰塵，吐了一口長氣，才發現有一點喘。

我們在「時間的店」轉角處坐定下來，發現手中多了幾樣東西，猜想是卡曼給的，情急之下，腦袋空白，完全不記得這件事了，卡曼可能也來不及說明，就塞給我們了，附上一紙說明書。

其中一樣是「通心器」，不管多遠都能溝通，另一樣是「逃遁紙」，寫著最危難時才用，最後是一瓶「隱身液」，專門克制照魂器的，卡曼用中文寫著：「我自己調配的，很管用。」字體很像爺爺，難不成她的中文是爺爺教的。

純屬瞎猜，但無論如何都很謝謝卡曼，沒有她，我們早被抓走了。

「時間的店」？

它是幹什麼用的呢？

時間的店

進入店裡的人都會說忙，這是口頭禪？還是通關祕語？

「忙呀。」

「忙什麼？」

「就是忙。」

這是個什麼樣的店，我的家鄉紫藤嶼、狄斯的家鄉小牛城與林奶奶老家的棉花道，都沒見過這樣的店，我爸媽住的含笑村也沒有，我們現在住的櫻花小徑更是沒見過，這種店在此不止一家，一個轉角就有兩間以上，彷彿在「買賣時間」，但時間一直不停的走，如何買賣？

大嬸氣呼呼進了店裡頭，高聲嚷嚷：「為什麼不可以用錢買時間？」

我老早聽爺爺說過，錢能買到的都是小事，買不到的才是大事，

什麼都買不到就大事不妙了，看來這話是真的。

我與狄斯大剌剌走入店內坐了下來，雙手靠在櫃台上，腳蹺上桌子，一副大爺樣，反正這裡的人看不見我們，就肆無忌憚了，可以好好觀察一番，一來一往的對話，我們終於聽出端倪，原來時間在這兒是商品，不是金錢，「時間的店」採用抵押的方式，最珍貴的抵押品叫做命，用命可以換更多時間，至於換多少我就不得而知，我猜想，換多了應該就沒命了吧。

我以我小小腦袋瓜子裡藏著的大大的智慧保證，一定沒有錯的。

可是沒命了，還有什麼呢？我就搞不大懂了。

欠錢不還，有人討債，欠時間不還呢？

就在我們觀察的同時，就有一批穿著制服上寫著「討」的人，討這個字是我猜的，應該無誤，他們在街上捉拿欠時間不還的人，大聲

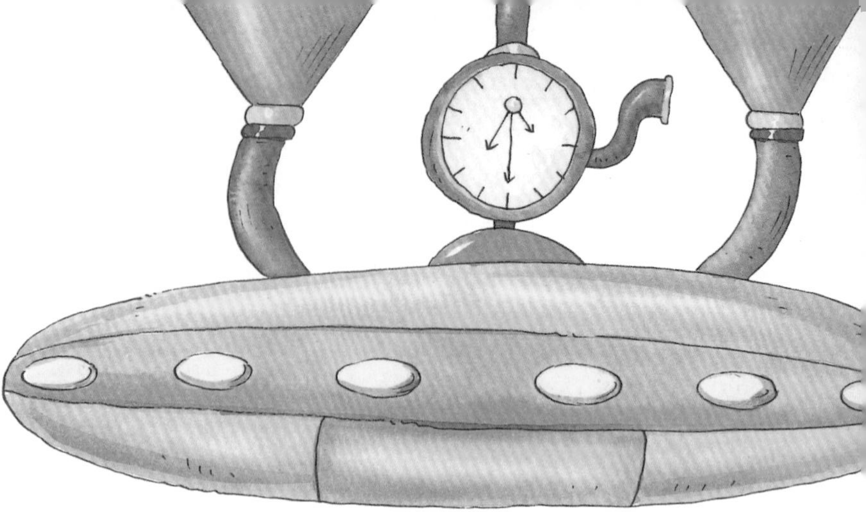

叫嚷著：「把時間還來」，看起來就像討命的，臉上全露著凶光。

看來文明並未使他們更懂得知書達禮，反而添加暴戾之氣，很像報紙上寫的討債集團，惡狠狠的。

我心裡想：「沒時間就別借嘛，幹嘛借了又還不了，讓人追著討呢？」關於這一點，我馬上聯想到卡債，爺爺的山友，黃爺爺的孫子，就是被卡債害的，用一張卡買了很多東西，還不了，再用卡去借錢，那就更還不了，最後進了地下錢莊，結果更慘，三天兩頭就有人上門討債，逼得黃爺爺一度住在我家，躲了起來。

我本來以為只有大人比較蠢，所以沒有時間，小孩應該好些吧，事實上，我猜錯了，狄斯注意到遠遠走來的，與我們年紀相仿的兩個小孩：「那兩個小孩，彷彿沒有靈魂。」

天色逐漸暗了下來，金色的夕陽染紅的天際，兩個準備放學回家的小朋友邊走邊聊，他們走到湖畔坐了下來，漣漪輕拂，落日緩緩滑入湖心，真是美極了。

「明天下課，去公園玩，好嗎？」

「不可以，我明天要補祈雨術。」

「後天呢？」

「後天也不行，要練追風術。」

「再來，還有觀星學、導電術、雷鳴功……」

沒等那個小朋友開口，這個小朋友一口氣把話完了，輕嘆了一口氣：「我也不明白為什麼這麼忙？」

「你等等好了，我查查行事曆，明天再告訴你。」

行事曆？狄斯聽了，吐著長舌頭，回頭告訴我，行事曆耶？這麼小就排了滿檔的行事曆，看來百萬年前的人的生活，比我們現在還慘，小孩真不是人做的。

一對父母又進到了「時間的店」，我與狄斯仔細看著故事的發展，父母從行囊裡取出一袋子東西，攤在桌子上，要求老闆估個價錢，老闆舉起手來捏一捏、掂一掂，開出價碼，父母很滿意，在時間簿子上蓋了印記，便走了出來。

原來他們在賣孩子的回憶，厚厚一疊，大約可以湊足一些時間，好讓他們有更多的時間學習。

「這麼一來，孩子不就沒有回憶了？」狄斯看起來有些憂心忡

忡。

靈魂也有用途，它可以用來抵押時間，分成數段，一次抵一部分，一直換到沒有靈魂為止，這不就是「出賣靈魂」了嗎？

這也難怪，滿街都是行屍走肉的人，像遊魂似的。

百萬年前的文明古城，看樣子與我們現在無異，這些都很接近我們現在正發生的事。

11. 靈魂之家

　　時間的店讓我們增長了不少見識，我們帶著憂傷從裡頭走出來，就近爬上一棵矮樹，雙腳垂下，眼睛閉上，輕輕搖晃著，一些關於時間的畫面全數閃了出來，愈想愈傷感。

　　我閃動著瞳仁，目光不由自主移向轉角處的另一家小店，店名是「靈魂之家」。

　　剛剛才有人在「時間的店」賣靈魂，隔壁竟然就有一家這類的怪店，我與狄斯都很好奇，我們躍下了樹，站在透明的景觀窗

往裡頭瞧，只見他們正在熱烈討論靈魂的事。

「可不可以算便宜一點？」

「不二價。」

矮矮壯壯的男人一口咬定不二價，他講起話來，音調很特別，原來是缺了兩顆門牙，漏風。

年輕人正要回嘴，馬上被一聲雷鳴塞住語氣：「不二價！」

他連續說了三遍，語氣一次比一次強烈：「你的靈魂已迷失太久了，根本無法復原，除非找個新的，找的意思你懂嗎？就是捉，把別人的靈魂捉來放在你的靈魂之中，也就是取代啦；雖然找一個流浪的靈魂並不難，但未必符合你，我們得先輸入檔案，進行配對，遇上合適的再動員去捉，最後還要花一個星期安裝……」

老闆把難度說明清楚，證明價格公道，不可以討價還價，他還說：「人工很貴咧，否則另請高明。」

至於多少錢？我站得有點遠，聽不清楚，只見年輕人頻頻點頭，言必稱是。

買靈魂的人應該只有二十開外，長相秀氣，但有點無精打采，一看就知道是失魂落魄者。

「可是我身上沒有那麼多錢。」

年輕人想討價還價，但老闆硬是不肯：「怎麼可能，幾乎所有失去靈魂的人都是因為賺錢的關係，你們什麼都沒有就是有錢啊；有了錢的人才會想把靈魂贖回來的，難道你不是嗎？」

「嗯……」年輕人欲言又止。

「真的不是？」老闆不等回答便逕自進入內室，取出一整袋捉魂的道具。

年輕人輕聲細語的說：「我比較可憐，也的確是為了錢失去靈魂的，但卻沒有賺到錢，算是魂財兩失的……」說到這裡，年輕人不由自主的大哭了起來。

老闆根本不理這招苦肉計，托了托眼鏡，打開裝備，並且說：「看了這些裝備，你就不好意思殺價了。」

他取出一枝鑲鑽的筆，看來平淡無奇，但老闆卻說，它值一棟房子，這枝筆叫做「定魂槍」，可以射出「照魂劑」，把靈魂標定出來，這樣就很容易捉了，就像定標靶一樣，一旦固定了，神仙也跑不掉。

說畢，老闆拿著筆用力一按，朝著我的方向射出一種類似薰衣草

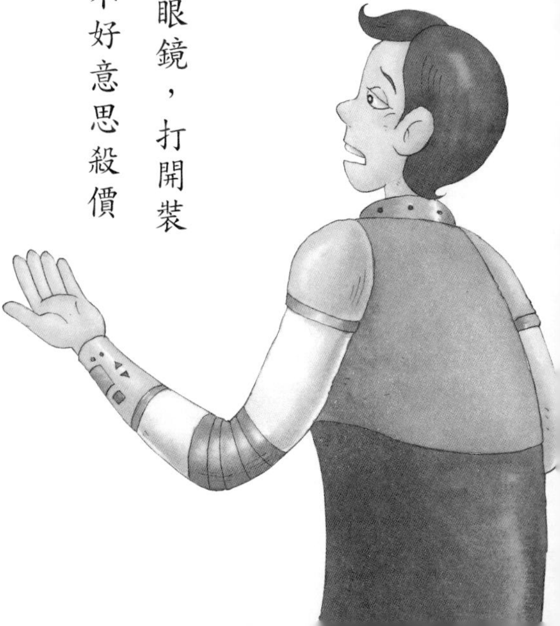

香味道的液體，我與狄斯閃得可快，否則鐵定被射著了。

示範了追魂槍，再來是「聚光盆」，他說它值一部飄浮車，老闆是專家，講起靈魂頭頭是道：「靈魂是一束光，聚光器的用途就是收光源，把靈魂收押在這裡，可是這需要經驗，必須在最短的時間測得靈魂的頻率，只要把它調至相同的頻率，便會形成共震波，將魂收了起來。」

老闆說得口沫橫飛，我聽不太懂，狄斯根本不懂，至於那個年輕人，就不確定懂多少了。

反正他應該只關心何時可以找著靈魂，代價多少了。

老闆繼續示範他的道具，年輕人的眼光愈來愈渙散無神，彷彿靈魂出了竅，我終於見識到了，失落靈魂的人是這個樣子的。

他又把定魂液往我們這裡噴了幾滴，根本沒有防備，來不及閃

開，被噴個正著，我用手撥了撥以為沒事了，老闆卻大叫著：「那裡有兩隻魔哩嘰。」

定魂液回收了我的資料，老闆馬上輸入一部掌中型的手提電腦中，結果立刻出爐，其中我的靈魂元素與這位年輕人有九成七分像，屬於可以替換的，意思是借屍還魂。

我心中暗自叫了一聲：「慘了。」

一切發生得太突然了，我已被定形。

狄斯緊張的大哭，拉著我的手想往前跑，但任憑他怎麼拉都拉不動，我變得沉重，慢慢固化，如同水泥。

耳畔只隱約傳來粗壯男人的笑聲，愈來愈小，愈來愈迷離。

千鈞一髮之際……

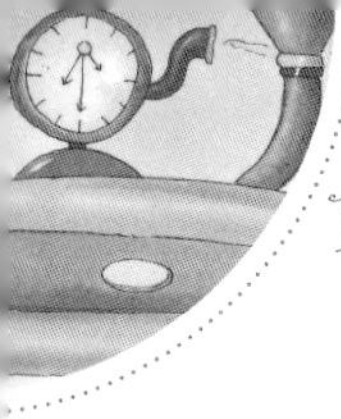

12. 兩個孩子失蹤了

碰！家裡的車打開了，洛依爺爺登山回來了。

通常這個時候洛依會從林奶奶家用完餐回到自己的家等爺爺進門，跑上前去給他一個擁抱，但今天爺爺等不到這一幕。

他一邊脫著沉重的登山鞋，一邊吶喊著，可是沒有人應聲，爺爺連續叫了很多聲，還是無人回應。爺爺心想，一定是洛依的玩心又起，與他玩起躲貓貓了，於是爺爺先行洗澡，當他用大毛巾擦著頭時，才驚覺洛依不在，便心急了。

他扯破喉嚨大喊數聲：「洛依，別跟爺爺捉迷藏，快出來呀。」

沒有人應聲。

爺爺再喊了一次：「爺爺有心臟病，別作弄我了，會受不了呀。」

依舊沒有人應聲，這回老人家顧不得形象了，聲淚俱下。

「怎麼辦？」

林奶奶隨後跟了來，問爺爺：「狄斯呢？」

連同狄斯也不見了，爺爺更緊張了，一下子失蹤兩個小孩，他開始責怪自己的粗心大意，竟讓一個小孩子自己在家，這麼不負責任，話沒說完，一把鼻涕又落了下來。

爺爺與林奶奶分頭去找，把洛依與狄斯常去的地方搜尋了三、四

遍，毫無蹤影，連一向勇敢的爺爺，這一刻都出現不祥的預兆，擔心起來。

「到底去哪裡了？」

爺爺呆坐在沙發上搜盡枯腸，輕聲嘆了一口氣：「兩個小頑童，真不知道大人們會憂心的？」

無計可施的同時，閣樓上傳來碰的一聲，好像門被風吹開撞擊的聲音，爺爺靈光一閃，明白蹊蹺就在閣樓了：「兩個頑皮鬼一定躲在閣樓。」

爺爺快速登樓，果真閣樓的門是開的，灰塵揚了起來，有些東西被動過，椅子上殘留了兩個重疊的小屁股印，大小與孫子吻合，爺爺非常了然，他們一定去了另一個時空了。

更勁爆的一幕立於眼前，洛依與狄斯根本沒有消失，只是直挺挺的，不作聲色的站在那裡，一動也不動，爺爺碰了碰，喊了幾聲，遠在另一個時空的洛依聽見了爺爺的呼喊，但就是回應不了，他便明白，魂魄分離了，魄還留在原地，爺爺再度碰了洛依的小臉，捏一捏狄斯，一點反應也沒有，他測測孩子的脈搏，確定活著的，才放下了心。

爺爺湊進洛依的耳朵，輕輕說了一句話：「我馬上去把你們找回來。」

有了輕微失憶的爺爺，竟然想不起抵達另一個時空的方法，這些儀器是他製作的，而且親自走了一回「過去時空」，當時就是魂魄分離的，他取出了說明書，重新看一遍，認真回憶一下操作儀器的方法。

也許是太緊張了，爺爺竟不知如何是好，望著說明書興嘆，嘴中囁嚅著：「怎麼辦才好？」

爺爺陷入空前的混亂之中。

他無暇顧及閣樓裡的煙塵彌漫與混濁的空氣，再次翻閱說明書，終於在二十五頁，找到了使用方法。

可是關鍵還是在年代，他不知道洛依去哪裡了？屬於哪個時空？九位數咧，用機率來算，可不是件簡單的事，尋找到一模一樣的數字簡直是天方夜譚。

上帝照顧，爺爺的餘光正巧掃描到重製一章。

重製？

爺爺細聲念著：「先按一個『回』，再按一次橘鈕，一個黃鈕，二下藍鈕，再按『回』一次，就會與前次數字相同，去同一地方……」

爺爺戴上老花眼鏡，一鍵一鍵的敲擊著，口中念念有詞：「按一個『回』，再按一次橘鈕，二個黃鈕，一下藍鈕，再按『回』一次……」爺爺吐了一口氣：「好了！」他坐上了時光機，大約七秒鐘，奇蹟果真出現了。

13. 通緝犯

「靈魂之家」的老闆露出猙獰的臉孔，朝我步步進逼，並且指著年輕人：「快做決定呀，不買我就把他給放了。」

「可以再便宜一點嗎？」

「不成。」

老闆斬釘截鐵，年輕人還在遲疑。

突然間，一陣天旋地轉，我們彷彿被一個漩渦轉了進去一樣，靈魂化成一束光，飛了起來，我們不費吹灰之力就解開了定魂液的束縛。

老闆被這突來的景象嚇了一大跳，手中拿著的「定魂槍」掉落在地，啪的一聲，斷成三截，他本能的往後撤了一大步，眼睜睜看著我飛上青天。

＊

爺爺按完按鍵之後，開心極了，以為馬上可以飛去百萬年前的時空，沒有料到一陣天搖地動之後，更奇怪的事情發生了。

爺爺感應到洛依的身體咻的一聲，從自己的面前飛了出去，在空中稍做盤旋，便隨著一股強大的氣流轉了出去，慢慢的化成一束光，不偏不倚的進到了琉璃洞中。

爺爺驚呆了，嘴巴張得好大，說不出話來：「怎麼會這樣，怎麼

會這樣……」他像小孩子一樣的驚聲尖叫起來。

事實上是爺爺有問題，他把黃鈕按了兩次，藍鈕只按一次，出現了完全不同的結果，洛依的魂未被召回現在的時空，反而把他的魄傳到過去。洛依在百萬年前，感受到一陣天旋地轉之後，他的身體直接鑽進了他的靈魂之中，不！正確的說法應該是他的靈魂直接貫入體魄之中了，在天空中結合之後，慢慢的，像降落傘一樣滑翔。

這下子更慘了，洛依與狄斯搖身一變成了名副其實的百萬年前的「現代人」，爺爺嚇出一身冷汗，心想完了，兩個小鬼頭會不會便這樣消失在這個時空中了。

*

魂魄合體的一瞬間，在天空盤旋了七圈，終於緩緩落了地，無巧不巧的落在老闆面前，他可嚇昏了，直嚷著：「發生什麼事了，發生什麼事了。」

雖說這是一座高度文明的城市，但是遇上這類問題，老闆還是嚇出一身冷汗，不知如何是好。

大約五分鐘過後，他才顫抖著吐出第一句話：「你是誰？」

我以半開玩笑的口吻說：「神呀。」

他似乎不太理解神的意思，搔了搔頭：「它是什麼東西？」

他定住了腳步，往我們身上打量，左瞧瞧，右瞧瞧，前看看，後看看，就是說不出個所以：「你們不是這裡的人？」

我的反應也很快：「對的，我們是南方人。」

「南方？那是什麼地方？」

老闆一頭霧水，一旁的狄斯拉著我的衣角，示意快走。

時間

但要走去哪裡呢？

我們成了通緝犯。

大街小巷貼滿我與狄斯的相片，上面寫著「時間逃犯」，說我們是從某一個時間逃出來的，疑有病菌，疑有犯罪，疑有武器，疑有特異功能……

「這不是事實。」

狄斯看了之後反應激烈。

這不是事實，但他們怎麼有我們的相片呢？

我們短暫的與那個人交會，為何什麼資料都在他手上，莫非他盯著我們看的同時，已竊取我們的祕密，這未免太先進？太可怕？太厲害了。

一堆的不可思議的念頭浮了上來，莫非他們的科技比我所看見的，還要厲害一百萬倍，或者他們已是祕密警察國家，藏了數不盡的監視器，一個按鈕就可以錄下我們的行蹤。

無論如何確定了一件事，我們已是百萬年前的通緝犯，這是不爭的事實，該如何是好呢？

剛才躲過一個靈魂販子的緝拿，接下來會是祕密警察嗎？

我們開始緊張起來了，頭皮麻麻的，說不上話，狄斯更慘，連嘴巴都抖動起來，說話也結結巴巴，我們有些擔心，萬一不慎被捉去了，會不會被嚴刑拷打一頓？會不會被關起來？會不會一輩子出不來，狄斯想到奶奶便不由自主哭了出來，我也是，我們兩個人抱頭痛哭。

這一回可不比上一回，警察鐵定更厲害，至少是一群手拿著武器，擺開陣式，精銳盡出的凶狠傢伙，正在想著，他們便來了，安全部隊乘著一個像大盆子一樣的輕便飛行器，從我們頭上飛了過去，警笛聲劃破長空，嗚嗚的叫不停，那聲音聽起來怪可怕。

我與狄斯本能的藏在牆角，相互摀著嘴巴，不敢作聲，才驚險躲過搜捕。

「我們必須想想辦法。」

狄斯見識過搜捕的大陣仗，驚慌失措，他怕下一次的行動，可能是陸海空一起來了。

我拍拍他的肩膀，安慰道：「他們怎麼可能為兩個小孩做出這麼大規模的行動呢？」講這話的同時，我也很心虛，誰說不可能？我們在過去的人眼中成了不折不扣的入侵者？不！我們只是未來人，不是擅闖者，他們科技如此發達，不可能不明白。

我高度懷疑我們進到了蟲洞，在虛虛實實之中游走，難道實即是虛，虛即是實，如果真的如此，過去也許會穿破時空大舉入侵現在，把未來一起征服了。

這種心法馬上被可笑兩字取代，正當我陷入沉思之際，狄斯拉起我的手往暗處走去：

「不要再想了，趕快回家。」

「回家？」

「對啊，回我們的家，這裡好可怕哦，科技昌明不等於人民友善，看來愈是進步的地方，實際上人心是退步的，人都變質了，惡狠狠的，只想眼前的利益，不會為人著想，更可怕的是，凡事都想到壞的，我們來此也沒有惡意，他們卻把它解釋成侵略，不給我們解釋，就派兵捉拿……」

狄斯一口氣說了一大堆從未說過的大道理，愈說愈難過，近乎咆哮起來，我趕緊抱著他：「我們現在可不是靈魂了，形體全攤在陽光下，再鬼吼鬼叫的鐵定會出事……」

狄斯這才停止哭泣。

「如果想回家，接下來的每個動作都要小心。」

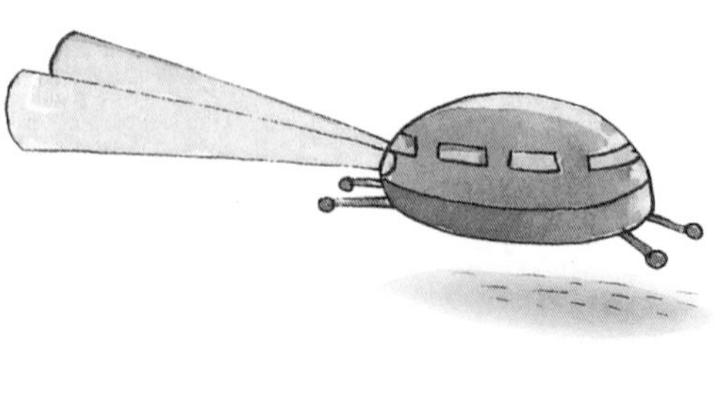

狄斯擦擦眼淚，點點頭。

其實狄斯說的也不無道理，為什麼文明之後的人都得了失心瘋，無神的過著機械化的生活，根本遺漏了生活的本質與意義了。

「文明的城市真的沒有好人了嗎？」

不可再胡思亂想了，唰的一聲，整座城市全亮了，第二波擴大規模的搜捕行動來了，我提醒狄斯得格外小心。

14. 追捕行動

爺爺很沮喪的坐在地上，懊惱的責怪自己的老花眼，看錯了說明書，也怪罪腦袋，為什麼給記錯了。

沮喪無濟於事，他得再想想辦法。

他一直坐到半夜，仍找不出好辦法，他憂心兩個小朋友不回來了，該給人什麼交代啊。

他隨意觸碰著黃、藍、橘三個按鈕，除了嗡嗡嗡的聲音之外，什麼也沒有發生，爺爺這下更緊張了。

爺爺把說明書看了三遍，無法精準發覺錯失之處，於是找一個舒服的位置一頁一頁的細讀，期待從中找著找回孩子的絕招，就在破損的十八頁中，字跡漫漶，有一句沒一句的記錄著，鐘的內部有一把時空鎖，一本各年代的時空電子地圖，帶著它到失蹤人的時空，找著一棵時空樹，插入、旋轉、扭動它，就有機會回來了。

爺爺有如久旱逢甘霖一樣，笑出聲來，這大約是僅存的唯一希望了。

爺爺拍拍屁股，走回時空椅，坐了上去。

三十一頁附了一張簡圖，原來時空椅上還有一部祕密電腦，建構在椅子下方，登錄所有的紀錄，只要輕輕觸碰按鍵，就會顯示上一個人去到的時空，這個發現讓爺爺欣喜若狂，真是

踏破鐵鞋無覓處，得來全不費功夫。

爺爺氣聚丹田，用力吸了一大口氣，按下還原鍵，果真顯示了0011278 50，爺爺取出筆，寫下正確數字，他知道接下來要發生的事了，他輕輕按一下「去」字的鍵，哦，不！還要加按「魂魄」兩字，否則魂魄分離了，還是頂麻煩的。

爺爺坐上了時光椅，咻的一聲，時光椅真的旋轉起來，爺爺清楚感受到，一股電流在身體裡亂竄，他感覺身體被拉得很長，像一條線一般，一直拉，一直拉，最後被一道強大的力量從椅子上拉了出來，塞入琉璃光洞中，這是一種很奇妙的過程，毫無痛覺。

另外一時空的我們，逃無可逃，狄斯說：「看來他們非逮捕我們歸案不成。」我的感覺與狄斯相同，他們出動的人數極多，幾乎寸寸有人的地步，簡直想翻遍整座城市一般。

我們死命的往前逃，竟不知不覺的又再度回到魔術屋，燈是暗的，我輕輕喊了三聲，沒有人應答，我毫不遲疑的按下變形鍵，屋子馬上啟動。

我當馬前卒進到屋子裡，確定沒人，便揮揮手示意狄斯進來。

看來暫時安全了。

哪料到，搜捕隊一直沒有走遠，也許他們知道人生地不熟的我們，肯定走不遠，經驗告訴他們，最安全的地方最危險，守株待兔就對了，我們的確無路可走，而且怕走太遠，萬一爺爺真的來了，反而找不到我們。

我聽見隊員的說話，並且發射震撼彈，轟隆隆的很嚇人。

爆炸聲中，有人吶喊：「出來，趕快出來投降。」

莫非他們已經知道我們躲藏的地方了。

- 0011127850

兩個士兵，不！我不確定他們是不是士兵，那就是兩位搜捕隊員，開小差，坐在屋前小窗下聊起了天。

「大爺說非捉到不可。」

「為什麼？」

「捉魂公司的人送來的資料，經由實驗室分析，確定不是我們的人，基因相距百萬年，也就是說，他們是百萬年後的人，根據數據我們在三十萬年後就滅絕了，為什麼一百萬年後還有人出現，這是個好消息，只要我們打開密碼，也就有救了，這就是研究人員欲知道的事了……」

我忽然想起卡曼說的話，她說如果捉到我們，時間就會凍結，逆轉，重組，他們就會變成現代，我們就成了未來，或者回到過去了。

從兩個隊員說話的內容，我大約了解他們為何處心積慮捉拿我們

的理由，反正就是押往實驗室開腸剖肚，聽起來就挺可怕的，非常嚇人。

「捉得到嗎？」

「賞金很高，不會有問題的，何況我們還有法寶，你手上的是新型的『定形劑』，簡直出神入化了，根本不必瞄準器，隨意一打，光束折射出來，打到就定形，跑不掉了，我手上這一把叫做『分魂器』，打在人的身上還會魂飛魄散，看他往哪裡跑，其他的祕密武器還那麼多怕什麼？」

「獎金到底多高？」

靠窗的隊員神祕兮兮的，比了比手勢，我看見是三，「至少值三棟魔法屋，很優的咧，看來我們很有希望，因為我已聞到那兩個人的味道了。」

此話一出，狄斯冒出一身冷汗，宛如驚弓之鳥，大叫出聲，我心裡暗暗喊一聲慘了，我們中了激將法，這下完全暴露了位置。

「我沒騙你吧，那兩個人就在屋內，行動吧。」

狄斯驚惶失措，讓我們跌入險境，必須馬上做決定，否則肯定會落網，我突然想起卡曼贈送的「遮魂液」，示意狄斯往身上噴了三滴，暫時掩人耳目；我告訴狄斯，等兩位隊員一踏進屋內，馬上啟動變形鈕，轉速最快的，之後馬上跳出，讓他們措手不及，我們很有默契的跟對方說：「要數一、二、三。」

兩位隊員躡手躡腳的走了進來，我快速按鈕啟動了，屋子旋轉七百二十度，將門調個大方向，搜捕人員被嚇了一大跳，一下子失去方向感，我們抓緊時間溜了出去。

我們顧不了太多，拚命速跑，一直到氣喘不過來為止，原本我們

以為應該安全了，完全沒有料到，兩位搜捕隊員竟跟了上來，並且發現我們的行蹤：「他們在前面。」

我這才明白一件事，我們已魂魄一體了，遮魂液是沒有用的。

我們加速逃離，消失在暮色中。

「真的好險。」

狄斯拍拍胸脯，驚魂甫定，可惜逃得了一時，卻未必逃得了一世，我們還是風險處處，除非馬上離開這裡。

但，怎樣才能離開？

15. 爺爺的時光鑰匙

一陣天旋地轉，爺爺彷彿坐降落傘一樣，落在魔法樹上。

真是太神奇了。

爺爺左顧右盼的，不知這是哪裡？高聳入雲的雲霄大樹，如何爬下來？

爺爺只遲疑了五分鐘，就喜形於色，有了辦法。他的手腳矯健，有如強力膠似的，黏在樹上，一蹬一蹬的，三兩下便到了樹下。

他完全不想耽擱，馬上出發去找人了。

*

我與狄斯脫離了魔術屋之後，此刻正往樹的方位逃去，可是追兵愈來愈多，看來是逃不掉了。

「怎麼辦？」

我們盡量用夜色做掩護，慢慢撤離他們的視線，每一步都小心翼翼，但還是逃不過這些比我們文明的人的耳目，沒多久，我們的行蹤就被偵測到了，他們蜂擁而上。

「發現了，他們就在緣魔2，射線5的位置，全員注意，採用T戰略。」

我清楚聽見帶頭的人用高分貝吶喊著。

「這是什麼戰略？」

我明白，綠魔2所指的應該就是雲霄大樹，至於射線5我就不了解了，會不會是五點鐘方向？

我可沒有心思再想這些謎題，自救才是重點，我記得攀援而下時，特別看了一遍，樹下有幾個彎彎曲曲的樹洞，足以容納三、五個人，藏身不成問題，先躲一回，再做打算。

＊

爺爺太累了，竟在樹下打呼睡大覺，根本不了解洛依已身陷危境，吵嚷聲把他喚醒，他微微張開眼睛，發現有一大群人影，在不遠處晃動，好像在搜尋什麼，他本能反應躲了起來，在暗處觀看。

＊

搜捕隊員愈來愈近了，我聽見嗶嗶嗶的聲音，指揮者說：「儀器反應他們在一百公尺內，展成直線，一步一步搜。」

這就是他們的T戰略吧，我示意狄斯快跑，能多快就多快，這些仰賴科技慣了的人，也許跑不過我們，爺爺平時最重視我們身體健康，他一再強調健康是一切，沒有健康

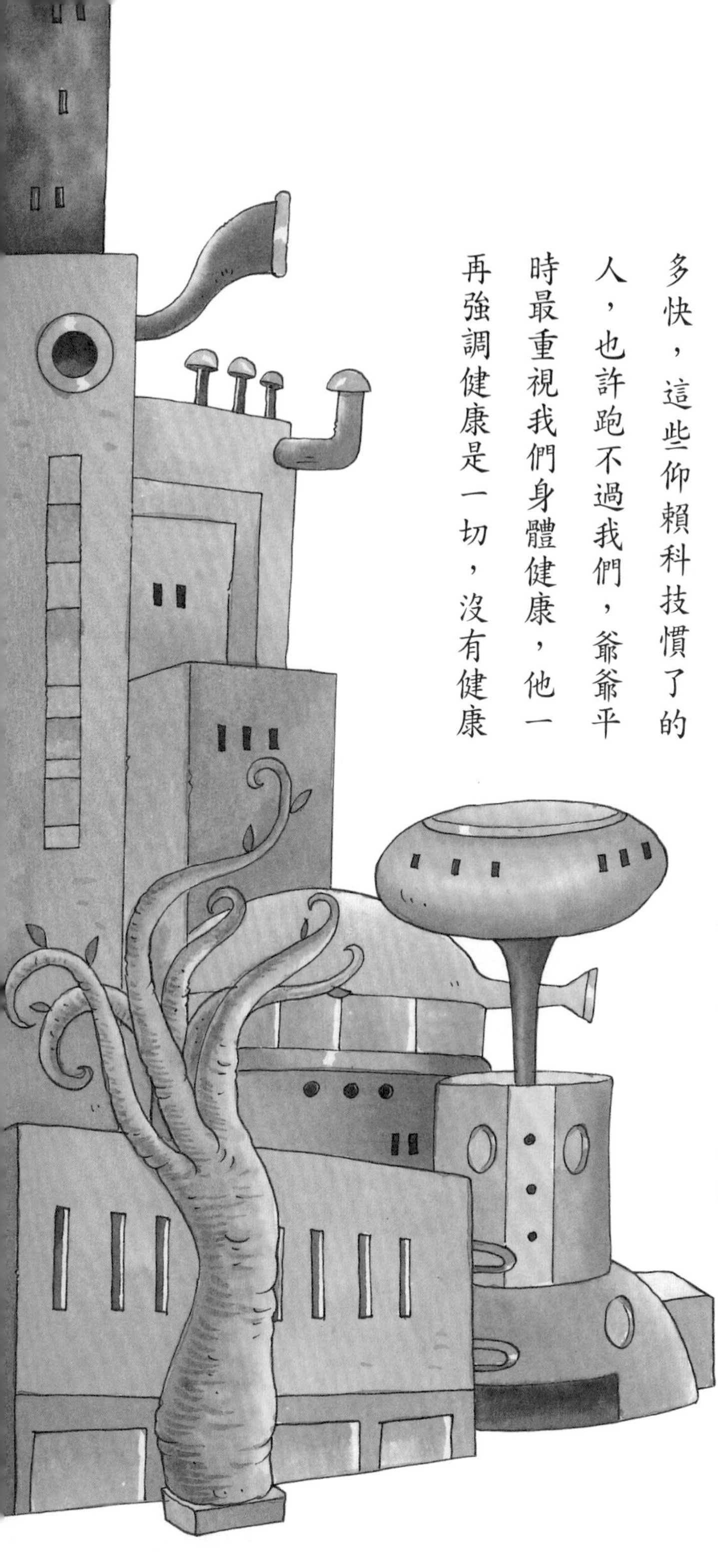

一切免談，看來他是對的，這一次可派上用場了。

狄斯彎下腰，躬身射了出去，跑步的身形像一隻豹，我也奔馳著，向大樹衝了過去。

「一、二、三，跑。」

我們快速移動的身形，驚動了他們，一位隊員回頭就灑出一種黏稠的溶液，口中念著：「給我定下來。」

就差二公分就被噴到了。

狄斯受到驚嚇，尖叫起來。

另一位隊員補上一種激光，一道光從我與狄斯的中間射過去，隊員大喊一聲：「分開」，大概是分魂器。

兩次都只差千鈞一髮，險象環生，我們明白再這樣戰鬥下去，一定是輸家，會被捉去實驗室研究。

惺忪睡眼的爺爺揉揉他的眼睛，終於發現奔跑而來的人是我們，我們也看見他了，爺爺怎麼來的，這一刻不能再想了，我們死命奔向爺爺，邊跑邊叫。

追捕的人距離我們約十五公尺左右，而且愈來愈近，快追上我們了，爺爺應該全醒了，他的手微微顫抖，努力撥動著說明書，一急，手腳全亂了，腦子全空了，眼睛也花掉，到底哪一頁呀，快呀，快出來呀，爺爺心裡默喊著，還是找不著，我們跑出一種斜線，歪七扭八的，他們全射偏了，但圍攏過來的人，幾乎快把我們團團圍住，只剩下一個缺口，爺爺再不想辦法可慘了。

正當最危急的一刻，爺爺驚呼出聲，靈光閃過大樹插孔的事，書中提到只要把帶來的時光鑰匙插入「時空插孔」，扭轉三圈，就能返回去的時空。

時空插孔呢？

爺爺站在樹下用盡所有的視力搜尋，摸呀再摸，摸了又摸，怎麼找不著，我一個箭步，先狄斯一步抵達爺爺身旁，搶下爺爺的鑰匙，很本能，不知為何便明白爺爺想做什麼了，我把匙插入一個黑漆漆的樹洞，轉了起來。

搜索隊的人同一時間發射出足以致命的武器，咻、咻、咻，一波接一波射了過來，噹、噹、噹，有些打在樹心上，有些從我們頭上飛掠而過，聽聲音就知道，一副想致人於死的樣子，難道他們改變了戰略，生死不拘。

碰的一聲巨響，爆裂開來，爺爺定睛一瞧，打中大樹了，巨大的威力把樹震動起來，左右搖晃擺動的幅度有三十公尺之多，發出沙沙沙的音律，還好晃了數秒鐘之後停了下來，大樹未倒。

其中一發不偏不倚的打中「時光插孔」附近，僅差一公分，萬一射中了，就回不去了，爺爺二話不說，大聲嚷著：「旋轉三圈。」

火炮並未停歇，繼續向我們的方向攻擊過來，我與狄斯左閃右躲，千鈞一髮之際，樹身發出轟隆隆的巨響，一道亮光從樹心射了出來，把我們三個人用力吸了過去，同一刻，搜捕隊員也趕了上來，捉住了我的一隻手，另一隻手被爺爺牽著，彷彿拔河，爺爺情急之下，強力扭動身軀，用力一扯，甩出一行汗，同時甩開年輕力壯的隊員，一股前所未有的力量在我身上竄流，整個人飛了起來，我們三個人飛速的鑽進了樹心。

我親眼目睹，隊員們個個看得目瞪口呆，楞在原地，而我們早已鑽入樹，穿過樹梢，遁入霧濛濛的雲中，後續便完全失去知覺，昏昏沉沉了。

16. 毀滅之城

不知過了多久，我被刺眼的晨光喚醒，狄斯、爺爺昏睡在閣樓的兩個角落。

爺爺揉揉惺忪的睡眼，全身軟攤的爬了起來，一直晃著頭，而我跟著起身，頭昏昏的，昨天的事？嗯，是昨天嗎？盤據在腦海中，久聚不散，爺爺見我起身馬上湊了過來：「醒來了？」

「嗯。」

我答得有氣無力，畢竟這一趟時光探險實在太驚險了，我用盡力氣，才幸運回得了家。

狄斯最後醒來，伸了伸懶腰，說他睡得好沉，一直在作夢。

「作夢？」

「對啊，不停的，像電影一樣，閃得好快。」

明明是真實發生的事，他說在作夢。

爺爺也跟著唱和，微笑著，對我說：「不知道怎麼回事，我也夢個不停。」

「夢個不停？」他們倆是怎麼了，難道穿梭時空的事是夢，不是真的，那麼精彩的歷險記，他們竟全忘了，會不會問題就出在一束光，讓他們失去了記憶力。

我馬上證明。

「謝謝爺爺的搭救！」

「搭救？」

「對啊，如果沒有你及時出現，我們恐怕已被安全部隊的人逮著了。」

「安全部隊的人？你在說什麼？」

爺爺露出丈二金剛的表情，完全不知道我在說什麼，狄斯的反應與他如出一轍，我想唯一可以證實的只剩下閣樓裡的骨董鐘了。

鐘，對了看看鐘你就想得起來了。

爺爺愈聽愈糊塗：「什麼鐘呀？」我不等爺爺開口，就逕自起身往裡走，但怪事發生了：「鐘呢？」明明一整個閣樓全是骨董老鐘，還有一台時光機呀，怎麼偷天換日變成了奶奶的裁縫機、沙發、冰櫃，還有以前務農時留下來的鋤頭、圓鍬、十字鎬等等。

怎麼搞的？

我完全不敢置信眼前所見的一切：「你把骨董鐘擺去哪裡了？」

爺爺顯得莫名其妙：「哪有什麼骨董鐘？這裡擺的全是三十年前的老東西，太尖銳了，怕你們上來弄傷了自己，才不准你們私自來玩。」

「騙人！」我心裡想爺爺鐵定騙人，這些東西有什麼好阻止的，幹嘛神祕兮兮，一定有鬼，可是擺在眼前的與我所看見的真的完全不同，我又做何解釋？

爺爺還沒有交代為什麼我們會睡在閣樓咧，便匆匆催促我們下樓，關上了門：「別想了，下去吃早餐了。」

「難道是一場夢？」

不會吧，很真實的呀，我下閣樓時仍不時回頭，嘴裡一直嘀咕著，我清楚看見爺爺在一旁笑著，狄斯的表情也很怪，分明聯手騙

我。

我知道了，閣樓一定是一處「變動空間」，找著鑰匙，就可以開啟了。

我拿定主意，有機會一定要弄個清楚，百萬年前到底發生了什麼事？

連續好多天，我都睡得頂熟，沒有任何干擾，一覺到天明，熱騰騰的太陽從東方升了上來，把我的房間照得透亮，爺爺早睡早醒，一如往常，到花園裡澆花，彷彿什麼事也沒有發生過，可是我還是有很多疑問，不吐不快，我悄悄走到爺爺身旁，陪他澆花、剪枝、除草，看他心花怒放的樣子，最合適提問了。

「百萬年前如果有一個文明，發展到現在會是什麼模樣？」

爺爺笑了起來：「很有學問哦。」

爺爺告訴我，他也想過這個問題，他說，如果文明不中斷，一定非常文明了，那叫加法，可以讓人類創造更多的希望。

爺爺說，人的文明通常屬於減法，愈是發達，貪慾跟著來了，有可能因而毀滅人類好不容易創造的文明。

「這就是百萬年前文明消失的原因，對不對？」我故意套他，但他似乎未中計。

「其實爺爺也不知道咧，如果百萬年前真有文明，最可能消失的原因之一，就是太過於文明了，比方說，製造出足以毀滅人類文明的

武器，按下兩個按鈕，核子武器射了出去，就毀滅了……」

「這麼說，文明不好囉？」

「也不能完全這麼說，如果只是一種競賽，就是不好的，很容易走火入魔害了自己，但是換個方向則會是好的。」

「你知道百萬年前發生什麼事了嗎？」

「不知道，但我們應該把這個毀滅之城當做借鏡，不要重蹈覆轍。」

「毀滅之城？」

爺爺露出馬腳了，

他竟然知道有一座毀滅之城，那表示他去過毀滅之城，甚至了解，這下我肯定了，昨天的事不是夢，是真的。

我非揭開這個祕密不可！

之後，閣樓上的鎖變成了十二道，怎麼打得開？

有一天，不知怎麼搞的，克制不了睡神，不到八點，眼神就很沉重，昏昏欲睡，半夜，我感覺有人叫我，帶著我上了閣樓，輕輕鬆鬆便開啟了十二道鎖，我又看見了閣樓熟悉的模樣，骨董鐘散聚，時光機還在……

那個人要求我坐了上去。

我依令行事坐了上去，沒一會兒，時光機就啟動了。

我的身子拉長成一束光，像分子解離一樣，分開再重組，咻的一聲，飛了出去。

離行前那個人問我：「想去哪裡？」

我記得隱隱約約回答他：「如果可能……我想去……侏儸紀公園。」

當你看完這本書時，我仍在酣睡，不知是否去成了。

延伸閱讀

故事簡介

鄒敦伶

小男孩洛依，跟著爺爺一起生活，爺爺家住在偏遠的鄉下，頂樓有個小閣樓。爺爺對他很好，只是叮嚀著「不要爬到閣樓」，假如洛依好奇的問起閣樓，爺爺就會支吾其詞，移轉話題。

到底閣樓上有什麼？讓人想一探究竟的閣樓，究竟有什麼祕密？與閣樓有關的人物——爺爺，善良又有愛心，但絕不能跟他談到閣樓。爺爺喜歡談論「時間」、常提到探討時光旅行的科學家索恩、跟年紀小的洛依討論「蛀孔理論」……從故事地點、人物的設計，就引發讀者的滿滿的好奇。

爺爺喜歡登山，好奇的洛依，決定趁著爺爺登山的時候，潛入閣樓探險。這個計畫一波三折，種種驚險的過程讓讀者也捏了一把冷汗。最後，洛依終於成功的進入閣樓，發現閣樓裡頭有各式各樣的時鐘，還有一把「時光椅」。洛依邀請好朋友狄斯一起到閣樓探險，沒想到比洛依更好奇的狄斯，在測試時光椅功能時，化成一道光溜進古董鐘的小洞。迫不得已，洛依只好照著設定，跟狄斯進入神祕的過去。

故事從兩人回到過去，更加的不可思議。原本以為過去應該是蠻荒的景象，沒想到卻是相當科技化的城市，但這個科技發達的城市，人們卻不快樂：人際關係疏離、人口暴增導致居住地不足、環境遭到破壞、空氣污染嚴重、人們忙於工作、小孩忙著補習、討債的人追著人們索討缺欠的「時間」、「靈魂之家」的人忙著為喪失靈魂的人捕捉新的靈魂……

兩人跟著女孩形象的智者卡曼，對過去世界有更多的認識，卻也發現這些狀況，正是現在人們將面臨的難關。洛依兩人在過去的世界，歷經許多驚險的事情，也看到許多不可思議的事情。他們差點回不來，還好爺爺去救了他們。

精彩的故事雖然融入了很多「道理」，但卻非常的貼切。作者想像的「過去世界」，也恰好與現在世界的狀況相符。誠如作者創作的初衷：希望透過一個看的小說，讓讀者反思人與土地、環境、文明、進步、科技的種種關連。閱讀連結真實世界的脈動，讓閱讀的孩子，開始思索關於未來的大道理。

閱讀提問

1. 爺爺是怎樣的人？脾氣怎麼樣？有哪些喜好？平時怎麼對待洛依？從故事中找到相關的內容說一說。
2. 為什麼洛依對閣樓很好奇？在還沒進入裡頭之前，閣樓有哪些奇特的地方？
3. 狄斯怎麼從時光椅前消失？假如你面對相同的狀況，你會怎麼處理？
4. 過去之城的車子是什麼樣子？「加油」的方式是怎麼樣？製造東西是怎麼製造？房子有什麼特點？在這裡要吃東西，食物會怎麼「變」出來？作者想像的「過去世界」食衣住行，跟你想像的過去世界，有什麼不同？
5. 卡曼認為科技會造成怎樣的缺點？這樣的說法正確嗎？說說你的想法。
6. 過去世界的人們居住空間在哪兒？為什麼會住在這樣的地方？這裡發生過怎樣的危機？
7. 「時間的店」賣時間，他們怎麼賣？賣掉時間用來做什麼？
8. 「靈魂之家」是怎樣的地方？洛依在這裡發生什麼驚險的事情？
9. 「過去之城」的遭遇是真的嗎？說出你的想法。
10. 過去之城的歷險，對現代的人們有怎樣的提醒？

閱讀延伸活動

活動一：高科技的世界

活動方式：

1. 閱讀書中關於「過去之城」的種種科技，想像假如人們的科技發展到更高峰，食、衣、住、行、育樂會變成什麼模樣？
2. 運用表列比較的方式，選出一個項目，寫一寫或畫一畫。

比較項目	旅行
現在	外出旅行，有各種不同的交通工具
高科技的世界	用「意念」旅行，靠著電子傳輸，彷彿親身體驗旅行的驚奇。

活動二：珍貴的時間

活動方式：

1. 讀一讀故事中，「時間的店」裡頭，人們把時間拿出來賣掉的段落。
2. 教師提問：

（1）故事中的人們，賣掉時間，想用來做什麼？

（2）哪種「時間」，可以讓店裡的老闆願意出高價購買？

3. 把自己想成「時間的店」的老闆，找出五個自己最珍貴、能賣最多錢的「時間」片段。

活動三：速寫時間

活動方式：

1. 書中的爺爺最喜歡跟洛依討論「時間」，爺爺的說法很特別，常常讓洛依弄不清，找出書中相關的段落讀一讀。

2. 教師提問：

（1）你贊同或不贊同爺爺對「時間」的看法？

（2）假如讓你描述時間，你會用怎樣的語詞形容時間？

3. 寫出你對時間的描述或形容。（至少五句）

活動四：神奇解藥

活動方式：

1. 洛依和狄斯進入的「過去之城」，有許多狀況，就跟現在我們周遭的狀況相似。例如：大人小孩都非常忙碌、適宜居住的空間不足、空氣污染、冰山融化……，找出其中一項你覺得需要馬上解決的問題，並記錄下來。

2. 針對這些問題，寫出你想到的解決之道，可以寫一寫或畫一畫。

活動五：穿越時空

活動方式：

1. 找出書中關於「時光椅」的段落，讀一讀書中的角色如何運用時光椅，回到過去。
2. 教師提問：

（1）你看過哪些書本、電視電影，跟「穿越時空」有關？

（2）假如有機會坐在「時光椅」上，有機會到任一時空，你想去哪兒？為什麼？

活動六：卡曼的信

活動方式：

1. 卡曼是書中「過去之城」的智者，也是那裡的通靈人。當洛依和狄斯闖進的時候，還好有卡曼的協助。卡曼對於現在的世界憂心，因為現在的世界正走著他們當時的老路，她希望能有所改變。
2. 信件重點：

（1）第一段，卡曼可以先介紹自己的名字、來自哪個時空。

（2）第二段之後，可以根據書中描述的「過去之城」情景，簡單描述那時候的狀況，再寫出希望現代的人，可以怎麼改進。

3. 想好主要內容之後，照著信件的格式，用卡曼的口吻，寫一封信給小朋友。

爺爺的神祕閣樓

國家圖書館出版品預行編目（CIP）資料

爺爺的神祕閣樓／游乾桂著，吳嘉鴻圖.
-- 增訂新版. -- 臺北市：九歌，2018.06
面； 公分. --（九歌少兒書房；266）
ISBN 978-986-450-194-6（平裝）
859.6 107006983

著 者——游乾桂
繪 圖——吳嘉鴻
創 辦 人——蔡文甫
發 行 人——蔡澤玉
出 版——九歌出版社有限公司
台北市 105 八德路 3 段 12 巷 57 弄 40 號
電話／02-25776564・傳真／02-25789205
郵政劃撥／0112295-1

九歌文學網 www.chiuko.com.tw

印 刷——晨捷印製股份有限公司
法律顧問——龍躍天律師 ・ 蕭雄淋律師 ・ 董安丹律師
初 版——2008 年 5 月
增訂新版——2018 年 6 月
新版 2 印——2021 年 1 月
定 價——260 元
I S B N——978-986-450-194-6